鹿苑文心

西安工商学院文学与新闻传播学院师生作品汇编

于鸿雁　韩娟　主编

陕西新华出版

太白文艺出版社·西安

图书在版编目（CIP）数据

　鹿苑文心：西安工商学院文学与新闻传播学院师生作品汇编 / 于鸿雁，韩娟主编. -- 西安：太白文艺出版社，2022.12（2023.6重印）
　ISBN 978-7-5513-2314-7

　Ⅰ. ①鹿… Ⅱ. ①于… ②韩… Ⅲ. ①中国文学－当代文学－作品综合集 Ⅳ. ①I217.1

　中国版本图书馆CIP数据核字(2022)第257463号

鹿苑文心
LUYUAN WENXIN

作　　者	于鸿雁　韩　娟
责任编辑	蒋成龙　何音旋
封面设计	王　洋
版式设计	建明文化
出版发行	太白文艺出版社
经　　销	新华书店
印　　刷	三河市同力彩印有限公司
开　　本	889mm×1194mm　1/32
字　　数	109千字
印　　张	7.875
版　　次	2022年12月第1版
印　　次	2023年6月第2次印刷
书　　号	ISBN 978-7-5513-2314-7
定　　价	45.00元

联系电话：029-81206800
出版社地址：西安市曲江新区登高路1388号（邮编：710061）
营销中心电话：029-87277748　029-87217872

序　言

　　编者让我为《鹿苑文心——西安工商学院文学与新闻传播学院师生作品汇编》写序，我欣然答应了。因为我热爱学生，希望了解他们，为他们做一点力所能及的事。我阅读了学生们的诗文，以及几位教师的作品，甚为感动。在这些诗文中，他们表达了对自然、对校园、对家乡、对亲人、对同学、对青春的真情实感，记录了他们的大学生活和青春岁月，也展现了抗疫期间师生同心同德、共克时艰的精神风貌。

　　本作品集的诗文主要精选自西安工商学院文学与新闻传播学院微信公众号"百喙社"上发表的文章。"百喙社"是一个主要供学生们记录生活、抒发情感、展现自我、畅谈交流的平台。大学生活是丰富多彩的，也是忙碌而充实的，但也会遇到各种问题和挫折。有了"百喙社"这样一个平台，学生们就可以把他们的喜怒哀乐、学习和生活感悟诉诸文字。好的作品还可以汇编成册正式出版，成为他们大学时代的一项学习成果。

在此，我结合我的人生经历，给大家提几点建议，希望同学们在大学生活中有更多更好的收获。

首先，我建议同学们多读书，读好书。写作的前提是读书。读书不但是大学的必修课，而且是每个人一生的必修课。因为只有通过多读书、读好书，才能汲取人类文明的精华，才能丰富我们的内心世界，才能开阔我们的视野，使我们不断精进。

其次，建议同学们热爱生活，做生活的有心人，积极参与社会生活实践。正如费尔巴哈所说，"理论所不能解决的那些疑难问题，实践会给你解决"。只有在实践中学习，才能在实践中成长、成熟。

再次，建议同学们有机会到广阔的大自然中去，融入其中，聆听大自然的教诲，在领略大自然之美的同时，感受大自然的博大、神奇。不断通过学习和实践，去树立科学的自然观、世界观和人生观。

最后，祝愿同学们在大学的学习和生活中收获满满，创作出更多、更好的作品！同时，也祝愿我校文学与新闻传播学院"百喙社"微信公众平台越办越好！

西安工商学院院长　叶曲炜

2022 年 5 月

目录

诗
词
篇

季　语

这里的春

樱花展开粉色的霓裳

迎着淡淡的风

在有鸟鸣的午后

你我约定

临池学书……

这里的夏

莲露着尖尖的角

鱼池下青苔上锦鲤倏尔远逝

在雨后的寂静

你我约定

看天边七彩的虹……

这里的秋

携着金黄的银杏

在等你凯旋

你我约定

同逐青春的梦……

这里的冬

结着明晶的冰

映着智慧的身影

你我约定

共抚未来的琴弦……

在这里的春夏秋冬

有着你我最美好的记忆

那些过去的日子

被片片金箔包覆着

装点着纷繁的世界

在这个温暖的冬日

铭记

过去的征程

兑现

你我的约定

（汉语言文学专业教师　于鸿雁）

景槐望雪 （刘彦江 摄）

泮池四季之船

纸船向泮池

小声合唱着，一只两只……

抵达不同的耳朵

等待很久

当漫长的黑夜刚过

能够随着春风去寻

因为风会循着声音

告诉它们所经、所历

然后

引你开启它的旅程

找它去，去告诉它

绿洲显现，红日冒出

空中吹出热热的风

都是一排排像棉花糖的波浪

眼前的纸船宛然可见

在池中映现

像这般盛绿可爱

前程似锦的希望

哪儿是纸船，哪儿又是它们的旅程

不闻春天与夏天，叫不回它们

此刻只知身边的银杏在舞蹈

随微风在池上舞动

那阵阵涟漪激起了我的思绪

回到了之前

出发的那一天

铃声把纸船伴着新生停留在春的长街

池中弥合来又渗开去

直到收获一路旅程

品尝心中的海

纸船向泮池

愿望便驶向远方

像白鸽，像雪花

看见天上的星光

同一片云交谈

在与生俱来的美中

获得不一样的光

（汉语言文学专业 2019 级　唐昔琦）

一泓清池 （刘彦江 摄）

写给雨

当我把那蓝灰色的校服

盖在头上的时候

你会不会难过

你有没有想过

悄悄落在某个姑娘的发间

顺着额头的弧度

偷偷流进她眉眼

挡住她看向悲伤的目光

我想你是懦弱的

你穿过多少亿万光年来到人间

却不敢认认真真地去洗礼一个

有着杂质的你恋慕的灵魂

你落在我的衣袖上

轻轻消失不见

我只好带着你从不腐朽的身体

穿越一个又一个

不善言辞的目光

（汉语言文学专业 2018 级　袁雨婷）

秋日的约定

我用两个夏天

等来这个短暂的秋天

去见你

窗外的大雁已经准备好

飞往和煦的南方

收拾起最好的心情

迎着满面的光与秋风

走在银杏叶铺着的金色大道

等着你

风吹动

时光里

珍藏的印记

抬头望向的那一片天空

掬一捧清澈的欢喜

湛蓝

如果说风会送去想念

那秋天最适合见面

在一个明媚的日子出发

带一束风作为礼物

把我埋在心底的话

送给你

下午四点

看斑驳的砖墙面上

光影交错着变化……

（汉语言文学专业 2019 级　李佳蓓）

叶落知秋 （叶曲炜 摄）

嫁给深秋

你是山海写给我的诗

波澜壮阔一笔一画描绘你的名字

我在秋叶里藏着心事

想让故事在入冬以前开始

我在人海听明天的脚步

看着今天久久彳亍

人们把夏天摔得头破血流

然后夏的风碎在平地

花就再也不开了

千百种善良成群结队地向我走来

我不善言辞无力偿还

消磨着被消磨的明天

纪念不该纪念的纪念

我偷偷在夜晚蹲了十几年

就为了把明月刻在双肩

可惜漫天星辰没能尽数揽进双眼

今天明天后天，晴天阴天雨天

后来就嫁给了深秋

明白所有爱恨都有尽头

遇不到奋不顾身的契机

缺失了用尽全力的勇气

（汉语言文学专业 2019 级　张珅）

黄 昏

黑夜是星星的殿堂

但总有一颗星

是为了守候黄昏

但它又怎么能够知道

有多少陷落

都已身不由己

晚鹭搭上了夕阳的远车

可我有人间的烟火

在一意孤行的时分

我沉静了下来

我知道我们都已走开很久

但我不知道开始的一刻

黄昏需要界线吗

地平线早已为离别

丈量好了尺寸

只是最后的一刻

才被我们看见

在花园里　我是鲜花

在你的手中　我是花束

爱不是舒适和自由的

但爱可以一样美好

为了止住一个人的忧伤

夕阳变得

像一个孩子一样温和

我喜欢黄昏

它涌起无限柔情

而我已经变得温和了起来

（汉语言文学专业教师　张馨）

霜

懵懂的孩子睁开了惺忪的双眼

丢失的纸飞机

好像又张开了双翼

人潮如水

时间的画笔将这四季都染成灰白

春风夏露　秋霜冬雪

花叶相拥着取暖

雁鹜颤抖着

青女歌舞　奈何绿肥红瘦

步履匆匆地追赶冬的脚步

辜负了落日　伤感了蔷薇

青石板上的脚印

都是催促的回响

身在汹涌之中

烟霞吻薄雾　枯叶诉谎话

赶路人终究

走不出　看不破

打马晨夕的光景

那纸飞机可曾载得动愁思？

（汉语言文学专业 2017 级　冯鹏飞）

忆一场初冬的雪

屏蔽了四面八方的喧嚣，忆一场雪

墨色里的纯白带来了温暖的错觉

六棱的、轻薄的、微凉的

复杂的心思以最简单的形式

慢慢飘落

在最深沉的低处

在最脆弱的枝头

在最尖锐的痛点

在最卑微的愿望里

轻轻地覆盖

慢慢地化开

缓缓地凝结

这个时候可以指着天上

聊一聊所谓的冰魂

也可以在聊天的时候

臆想所谓人生和命运

又或者像从前一样

按下一个手印或脚印

什么也不必说

雪一直落，一直落

这样遮掩很久，很久

大地还是会知道

谁来过

（汉语言文学专业 2017 级　何昊）

"红"装素裹 （叶曲炜 摄）

初 雪

北风无情

恣意地吹

带走树梢上残余的枯黄

只等雪花开满枝头

夜深人静

空中翩翩起舞的精灵

在北风扫过的枝头上跳跃

在错落有致的屋顶上躲藏

在枯黄遍地的大地上飘舞

梦醒时分

树梢雪花团簇

屋顶并肩白头

雪白的世界如梦中惊喜

悄然而至

（汉语言文学专业 2019 级　欧庆）

为你写一首诗

我亲爱的祖国

我不是一位诗人

但我要为你写一首诗

我爱你，祖国

我爱你高耸入云的山峰，也爱你波澜壮阔

　　的大海

我爱你喧嚣的城市，也爱你静谧的古寨

我爱你唢呐嘹亮，也爱你琴音悠扬

我爱你昌盛，也爱你斑驳

祖国，亲爱的祖国

你像骄阳，寄托希望

回顾过去

有人为你枪林弹雨，赴汤蹈火

有人为你舍生取义，视死如归

有人为你骄傲自豪，付之以歌

过去如此，未来亦如此

我亲爱的祖国

作为你十四万万分之一的星火

请允许我

为你写下这首诗

（汉语言文学专业 2020 级　尤思成）

穿越百年　辉煌征程

一百年前

我们国家孱弱受欺

帝国列强以坚船利炮

掠夺和侵袭

和平究竟在哪里？

那时中国的大地之上

只有无尽的黑暗和烟云

你听

这黑暗里的呼吸声多么谨慎

一点响动也没有

这片曾经文明灿烂的土地

被撕开了许多的口子

有人拿着枪

端着刺刀

在肆意地找寻着猎物

有人咬着牙齿

却躲在黑暗里连呼吸都格外谨慎

一点响动也没有

你看

在嘉兴的湖面

有人高举着马克思主义的火把

红色的火焰在黑暗中燃烧

他们聚在一块儿

都是有着民族责任的青年啊

敢为天下先

敢于将民族危亡与国家兴衰

扛在自己的肩膀

你听

南昌城内一声清脆的枪响

是共产党人为民族大业

在生死边缘求索

在迷雾之中寻找不灭的希望

这是一条未知的道路

这是一条不得不走的道路

共产党人都知道

向死而生

人心所向本身就无悔一场

你看

井冈山上鲜红的旗帜飘扬

那伟大的战略眼光

是拯救国家的另一种方向

艰苦卓绝的战斗生活

不畏毁灭的绝对信仰

在一次又一次的反"围剿"中

星星之火

却是越来越旺

那是人民群众给予的力量

注定了

要在井冈山上升起不落的太阳

你听

那是黄河奔腾不息的声音

那是百万雄师席卷的声音

战役早就打响

胜利已经不远

曾经弱小的队伍已是百万之众

伟人说过

星星之火，可以燎原

是的

风雨之路，崎岖之途

被共产党人用不屈的意志

走成了大道平川

红色的火焰

终于燃遍了整个中华大地

你看

人群欢呼在天安门广场

军队威武地列阵在长安街上

在毛主席和党的坚强领导下

中国人民

从此站起来了

那黑暗之中不敢呼吸的民族

如今人声鼎沸

那黑暗之中满目疮痍的山河

如今洒下春晖

多壮观！多伟大啊！

面对任何挑战自信不惧

和平和安定

是党的百年奋斗换来的成果

这辉煌的征程

这值得被所有中国人铭记的历史

我们不忘

初心不忘

党的恩情也永远不忘

（汉语言文学专业 2019 级　闫鹤睿）

红星耀百年

洋①侵金陵肆烟火，雁落天朝起残红。

师夷御患三十载，黄海硝烟富强空。

公车定诏续社稷，侠士仰笑送归鸿。

新故相推摧帝制，混沌烽火夜难明。

科学民主扬春风②，画舫革命兴工农。

开天辟地惊雷起，舍生取义混沌终。

武装起义震华夏，燎原星火漫神州。

深谙世局击倭寇，为续炎黄血泪溶。

心怀人民奋九州，雄狮傲骨立亚东。

---

① 洋：指西方列强。
② 扬春风：指马克思主义传入中国。

铁人怒吼声天地，两弹一星壮羽翼。

思想解放唤真理，改革春风拂寒冬。

宵衣旰食兴政令，独立自主反霸凌。

勠力同心谋发展，反恐救灾拥和平。

全民抗疫佑山河，四海齐心现小康。

不忘初心践使命，砥砺奋进新征程。

（汉语言文学专业 2020 级　周君清）

你听，这便是我的引以为豪

你可曾在漫漫长夜中听到一声长啸

那是五千载的辉煌岁月在怒号

忆三皇五帝启华夏篇章

二十四朝繁星般璀璨夺目

长江黄河育代代之民

万里长城于山河雄踞

百年前

签条约

割疆土

丧权辱国

民族存亡际

嘉兴南湖小船红光显

革命战士敢为天下先

爬雪山

过草地

攻万难

克艰险

两万五千里怎挡我红军众志成城

军与民

一家亲

手推车

独轮径

十四年抗战迎胜利

时过境迁

巨龙终将腾飞

嫦娥上九天揽月

蛟龙下五洋捉鳖

国际舞台亮态度

科技发展表实力

纵使世界风云异变

亦可无畏置于堂前

铿锵话语谁能辩

早已不是当年

红旗之下

为人民谋幸福

是这艘巨舰前行的航向

纵知前路千难万险

仍义无反顾向前

曾经的神州大地满目疮痍

如今的盛世中华春晖四溢

我翻开这厚重史书一页页

着迷于其中无法自拔

心魂沉醉

扬言道这就是奇迹

我深爱这壮美山河

欲要行万里路看遍人世间

明事理

晓他个真谛

心中一团烈火

到此久久难熄

执笔欲狂言

长夜漫渡万重山

且听龙吟远近天

甲骨两器纸笔砚

留史后念五千年

三更寒过日渐暖

过千秋万岁

此意难尽言

此生无悔在中华

今如是

未来亦如是

（汉语言文学专业 2019 级　武金瑞）

游大明宫

这里曾经是庞大辉煌的帝国心脏

政令出于此

像血液那样流向全国各地

多少名震千古的大人物曾在此出现

书写了他们一生中最伟大的事业

这事业

是死亡也不能带走的光辉

挥斥方遒的才华

鲜衣怒马的意气

一千四百年的时间都不能磨损它分毫

反倒使那庄重严肃的色彩更添三分厚重

高高矗立在龙首原上的宫殿

荡漾着盛唐刮来的风

眼前依稀浮现出三月垂柳的倒影

夏日太液池荷花的芳华

以及那些语言无法描述的壮丽精彩

前人与后人在不同时空的同一地点身影重叠

身在如此光耀万年的土地上

连呼吸也带着无可置辩的骄傲

遥望公元七世纪的东方

那个帝国永远像一个英姿勃发的少年

斗转星移之后也是昭昭有唐的荣威

沧海桑田以后也是高山大川的雄壮

永远气吞河山

（汉语言文学专业 2020 级　孙树凡）

乡　愁

我的思念分成两端

一端荆楚，一端长安

站在渭水边，垂钓

每尾上钩的鱼

我都捧在手心细细凝望

辨认是不是有长江的波纹

或者肚里的尺素

是否有奶奶亲手做的肚片汤的味道

长江岸边，爷爷是否也在垂钓

一圈圈荡漾的涟漪

穿过秦岭的阻隔

南与北的碰撞，他乡与故乡

记忆里的排骨藕汤

还有奶奶做的锅巴饭

伴着百湖之市的烟雨

萦绕在十三朝古都的城楼

我站在钟楼一旁

高高举起钟撞

再把鼓槌狠狠地敲响

遥远的湖面

泛起晨钟暮鼓的波浪

（汉语言文学专业 2020 级　王昊）

乡 绪

满目萧黄初作乱，

相思尽落没河川。

诗中斜月烟花现，

雁过三江化杜鹃。

年月催思牵旧马，

家书难以话团圆。

乡音未变亲人老，

却把他乡认故园。

（汉语言文学专业 2018 级　侯鑫喆）

诉 说

我看着你

你望着云

天边的云是我们的梦

时而聚集，时而飘散

我向你诉说

你不言不语

微风吹过我们的脸颊

时间在静静流淌

我向你抱怨

你默不作声

脚下的根扎得更深了

头顶的枝叶更加繁茂

仰望星空，俯瞰大地

星空是我们的浪漫

微风是我们的挚友

当星光从你的身边流过

微风来讲述我们的故事

（汉语言文学专业 2019 级　孙凡）

你问我要去向哪里

你问我要去向哪里

我要去的地方人烟荒芜

不要欢声笑语，只有我和你

你问我要去向哪里

我要去的是深林沟峪

不带半生庸俗，仅余自由安逸

你问我要去向哪里

我要去潜入深邃海底

不惧海水淹没

漂游　漂游

游过斑斓大地

游过嘈杂市集

别再问我要去向哪里

等我高兴，等我高兴了

就在云朵里休息

（汉语言文学专业 2020 级　陈柯润）

"青春"路标 （刘彦江 摄）

组诗 (一)

引语:

人生路漫漫, 我们越走越远, 得到的
同时也在失去。

离开了故乡, 丢掉了纯真, 却唯独没
有忘记梦想。

不再惧怕黑夜, 只因相信光明。

月　亮

寂静的黑夜与你做伴

我想将屋内的烛光赠予你

孤独的路灯与你畅谈

我想将人间的欢乐赋予你

清亮的星辰与你比肩

我想将森罗万象一一装好，全部赋予你

倏忽间冷风起

烛光灭了

欢乐尽了

万象不齐

你也隐匿不见

一片死寂

才发觉

你已将我心填满

我向着烛光

载着欢乐

存着万象

归去故乡

我们终会发光

每一笔都怀揣梦想

每一笔都满怀希望

声嘶力竭的呐喊变成力量

脚步间游走

远方能听到

灯光亮起时

我们的不安和迷茫

梦想在心底涌起

翻滚海浪，掀起波涛

庄严而浩大，赤诚而决绝

山头那边的日光

照亮了海面

闪着微光

我们微笑着

到达山的那边

看到了只属于自己的风景

这一路上最重要的

不忘初心，赤诚善良

我们终将抵达

（汉语言文学专业 2020 级　宋柠卉）

组诗（二）

往昔别

旧园故桥柳飞絮，十月桂秋意凝雪。

蟾宫犹照海棠睡，花重人影两双绝。

云深月去卧夕凉，胭脂垂泪老颜妆。

木落孤山归旧事，折剑断琴还故乡。

不易岫居十六载，梦里吹灯倚槛窗。

忆昔结客少年场，转醒月照满面霜。

雪剑未寒龙潭吟，霜花弹剑逐流星。

匣鸣重重山鬼笑，十年煌煌做酒料。

入梦别

一梦江湖十年春，故友迷梦皆不存。

昔饮闹市酒香醇，踏月留香花醉人。

散尽千金为黎黍，拔剑斩乱扶苍生。

马纵金陵游侠久，横剑膝前浮云游。

拣枝桃花赠师友，吟诗弄琴闲赋愁。

曾遇佳人木桥边，明眸巧笑唤芊芊。

红茸笑嚼檀郎唾，小山重叠画眉间。

北飞南雁音书绝，天涯两断姻缘灭。

踏江湖

江湖儿郎江湖老，哪堪锈胆耸弯刀。

且试重华把臂展，簪梅踏雪冲云霄。

忆佳人

双烛清晖澹，街灯举世间。

艳姝生楚水，惜我处华山。

余奏清笙篪，伊羞绝代颜。

曜灵扶玉色，为尔解云鬟。

（汉语言文学专业 2020 级　李思逸）

组诗（三）

写进月光

开心时

岁月悠悠　悠长

还能观很多轮日出

数很多次星星

望很多个云层上新长的月亮

翻出一把陈旧的花的种子

随便哪个季节撒进土里

不会整日翘首以盼发芽开花

一切神秘而又浪漫

不知道是哪个季节

不渴盼开出什么样的花

灵魂是自由的

像一缕烟

似一朵云

如一枝蒲公英

风吹起

可以去到任何地方

我变成了无数静谧夜晚的总和

还没来得及收敛月光

不知道说什么话

就和黎明一起变亮

和天空一起变蓝

可以在细雨里沙沙作响

在风和日丽时沐浴阳光

可以变得更微小

藏到树叶背后透过光描画茎叶

甚至是附在沙砾上的微尘

见过夜空的人都知道

发光的不只有月亮

暮　色

带着几分喧闹

黄昏斑驳

光晕被卷走了

风散向各处

人影挤在角落

天空倚着暮色

朦胧灯光

凄白颜色

融入喧嚣

万家灯火

泛白的天边被染色

黑色的是陈墨

安静下来了

无话可说

世界，我

相对又隔绝

月亮是银白色

光把我吸入夜色

独自听着歌

单曲循环着的是谁的落寞

空空荡

起雾了

过程被隔绝

一瞬间暮色

是 你

你住在不夜的黄昏里

卷起几片云霞

把夕阳的余晖揉进月色

我在次日的清晨醒来

听着露珠唱歌

你向我走来

抖落了淡漠和哀愁

周身都是神明的光

晦暗消散　星河长明

我遗憾的是没能早点遇见你

在夏天和你淋雨

在秋天去深林漫步

一起熬过漫长的冬日

来年春风里回眸看见的还是你

你是灯台

我是弥留的灯火

你是我的诗

我却成为不了你的梦

漫漫长夜总有人为你照亮

从此我便走上荒野

带上牧笛在四季里歌唱

星辰大海全都是我

春夏秋冬也是我

熬

我没去过什么地方

不能称二两枫桥夜半的月光

没听过涨潮落潮时沿岸的风声

不知道一望无际　边缘的方向

我只有七分田野和三分清朗

我珍视每一次看到的机会

画下皑皑白雪漫山遍野　藏在心底

揉碎树隙里的清晨　放进余光

手里捧着捧不住的山泉

鼻翼里藏着的是不知名的野花的香

我在山野看着月光

伸手揉捻碎了　一地的星光

惊起无数蝉鸣

惹得狗吠三两声

我只得作罢

将月色藏进梦乡

我数着日子　花就要开了

然后春天里花就自顾不暇地开放

秋日里野草便各自孤芳自赏

夏季和冬季埋在眼皮下

难熬的东西都短暂而又漫长

（汉语言文学专业 2019 级　张坤）

致我们回不去的童年

如果人这一生只有两次值得怀念

那便是童年和老年

童年仿佛幼苗成长

老年恰似落英缤纷

但是

童年里只有无忧无虑

老年却有不甘与遗憾

在你咿呀学语时

你可曾想过有一天

会因担心说错话而犹豫再三

当你蹒跚学步时

你可曾想过有一天

会因害怕选错路而止步不前

当你狼吞虎咽时

你可曾想过有一天

会面对珍馐美味而食不甘味

时光飞逝带走的不只是岁月

更多的是让懵懂的孩子

那本该洋溢着青春活力的脸上

多了几缕无奈的忧愁

忧愁也只是乌云罢了

信仰便是驱逐乌云的太阳

太阳的光芒照耀着前行的方向

童年的时光短暂而又珍贵

我们既有着无拘无束的生活

又有着两小无猜的朋友

更对未来有着异想天开的期许

岁月宛如一个"坏蛋"

使我们一个个都变了模样

我只是希望长大后的我们

不要忘了当初的兄弟情

不要忘了当初的"豪情壮志"

继承我华夏之传统

弘扬我中国之精神

（汉语言文学专业 2019 级　王远）

时　间

昨日是静止的画
固定在亚麻布上
绮丽，却少了
可能性的间隙

今日亦是静止的画
翻动在变换的
复合时间的书页里
充满着未知
却时时将过去堆砌

明日的画布亦是静止的
不知被哪面帷幕覆盖

那画中的人儿

在雪中静静肃立

（汉语言文学专业 2021 级　肖凯翔）

只 余

尘世是映照在夜幕下

玻璃窗的幻影

夜的精灵触碰

攀缘着影子的树梢

月色下的湖水中

荇藻的微波阵阵

那你触碰我的灵魂呢?

你的衣衫长长　却很单薄

得不到温暖却也将之紧裹

站在渡口的人　形单影只

徘徊着

羁旅于世的游魂

渴求温暖

有你便只余春天了

（汉语言文学专业 2021 级　肖凯翔）

如果有来生

如果有来生

我愿变成一棵树

在你来时的路上

守护你的归途

如果有来生

我愿化作一阵风

守候在你经过的路口

等待你片刻的停留

如果有来生

我愿化作一阵雨

飘洒在你走过的路上

默默寻找你的气息

如果有来生

我愿化作一枝梅花

独自傲立寒风中

陪你度过难熬的凛冬

（汉语言文学专业 2020 级　张燕妮）

种过的花儿

热烈的晚霞　亲吻着窗花

丁达尔效应照射着

如一条条根深植于地下

推开门来

光此刻有了形状

透过摇曳的枝叶

混合着草木的香味

风扇动着蒲公英的种子

我就站在风中

静静感受呼啸而过的青春

我裹挟着自己

抓住出窍的灵魂

（汉语言文学专业 2020 级　肖杨凡）

小荷才露尖尖角 （叶曲炜　摄）

寄梦去

风摇细雨秋色冷，一泓残荷影。

泪落池水荡秋风，寄梦去，芙蓉静。

落花何必悲霜景，夜来蟾宫映。

嫦娥戏水伴流星，白云渡，天空净。

（汉语言文学专业 2020 级　李静）

不离而别

驶走的车站车窗

路过着青涩的自己

左耳是脚步

右耳是琅琅

青春的场　园里的香

林钟时节　熠熠闪光

洁白校服下那颗纽扣

未来踩着晴天　微风飘起裙摆

红灯　绿灯　粉红西装革履

左转　右行　似风似雨信仰

偷看着离别的影

沉默成矗立的墙

来时盈满　走后期盼

想要两辆车

一辆用去倒退

一辆用来前行

一碗送别

两行闲诗

三生有幸

四季平安

（汉语言文学专业2017级　冯鹏飞）

不离而别 （刘彦江 摄）

思 念

对我而言你是比太阳和月亮还要珍贵的存在

即使是最纯粹的湖水 也不如你的心澄澈

多少个迷雾惆怅包围的朝暮

是你像北极星那样指引着我的方向

生命中的多少热情是被你的欢声笑语唤醒

你是春日温暖的桃花潭水

你是盛夏滚烫的明亮星河

再寒冷的秋冬也能因你而冰雪消融

你站在那里

周遭所有都黯然失色

（汉语言文学专业 2020 级　孙树凡）

巍巍学府 （刘彦江 摄）

西安长安

其 一

疫情的阴霾

笼罩着大地

今年的冬天

如此的沉重

每一次核酸检测

都令人深思

生命的无常与无奈

突然

抬头望见

瑰丽恢宏的万丈霞光

驱散了一切阴霾

行路难，行路难

多歧路，今安在

长风破浪会有时

直挂云帆济沧海

其 二

每一个黎明

都给人希望

每一次核酸检测

都令人感动

已经进行多轮核酸检测

同学们——

在寒风中有序排队

志愿者们——

辛勤地维护着秩序

老师们——

精心组织着每一项工作

医务人员——

十多个小时重复着一个动作

爱国

不是口号

而是行动

家国情怀　公民意识

体现在危难时刻

你

能否担当

能否付出

能否合作

能否尽责

（西安工商学院院长　叶曲炜）

同舟共济

当疫情蔓延

我们开始寻找足迹，期盼奇迹

只因我们共同呼吸同样的空气

当与同事、同学分离

当与家人相隔万里

我们开始隔空拥抱，温度骤起

只因我们共同生活在同一片天地

当医生夜以继日

当天使被染瘟疫

难道我们真的无能为力？

难道美好只出现在梦里？

我握着你的手说：不，不，不可以！

死亡不过是某个黑夜里的个例

生命依旧是整片闪烁的群体

岂曰无衣，与子同袍

多少光明的身影出现在这场梦魇里

多少温暖的眼神守望在这场寒风中

我们坚信

待到草长莺飞　春暖花开

我们会再次相聚

听书声琅琅　看绿肥红瘦

（通识教育学院数理教研室教师　刘金秋）

秋色满园 （叶曲炜 摄）

你好，我的西安

你好，我的西安

我的城

第一次见你是在春天

那时候的你娇羞可爱

你有清澈的春光

你有粉嫩的樱花

你有书声琅琅

你有车水马龙

你有缭绕的烟火

你好，我的西安

我的城

这个春天你病了

这时候的你愁容满面

但你有千万的儿女为你祈祷

你有万千的勇士为你疗治

你有亿万国人为你助威

你好，我的西安

我的城

明天的你一定会康健如初

你有雄健的精神为人瞩目

你有悠久的历史供人瞻仰

你有英雄的儿女受人尊敬

你有市井的烟火使人流连

你好，我的西安

相信在下一个春天里

我的西安 我的城

花常好

月常圆

人常健

那时候

请你来西安

看终南灵秀

看渭水泱泱

听浑厚的秦腔

品关中的风情

（汉语言文学专业教师　于鸿雁）

静心默读 （叶曲炜 摄）

守护者

雪花、口呼的白气

手套、厚冬衣和行色匆匆的人群

标志着冬日的来临

也满含着生机与活力

病毒却让一切变得不再如常

城市封闭

但所有的道路、居住地、医院、学校

都有那群不同身份与职业

却怀着相同信念的守护者

日夜奔忙

打破这浓雾笼罩的冷寂

那闪耀的白、鲜亮的绿和橙、清澈的蓝、炽

热的红、沉稳的黑

是饱和的色彩与奔腾的热情

是苦寒冬日的慰藉与支撑

是新年的第一串鞭炮

是阳光

让我们在黑夜之后

迎来黎明

（汉语言文学专业教师　范菲菲）

写给天使们

世界一片静寂

雪白降临　带着灰色

乌鸦在树上瑟缩

死神举着镰刀准备收割

他的袍子遮住了天地

把黎明淹没

万物生灵　沉落

有古老传说的一隅

被烟火浸染千年的古城

有烟火灿烂的色彩和坚韧不拔的神魄

甘愿折翼的天使　从天堂坠落

她用热血打湿的肩膊　与死神拉扯

呐喊　哭泣

坚持　不离

她用不止息的温柔　安抚受伤的魂灵

沉寂　平静

坚定　不移

生命点亮的红色

燃起在东方神秘的角落

看　死神仓皇而逃的身影

一道光芒　从黎明的方向升起

（汉语言文学专业 2019 级　凤钰）

云卷云舒 （叶曲炜 摄）

散文篇

我的四季

　　草长莺飞，莺歌燕舞；百花争艳，鸟语花香。天空似一潭湛蓝的湖水，纯净而又深邃，就如我的心，清澈明亮。成群结队的蜜蜂，翩翩起舞的蝴蝶，伶俐可爱的燕子，仿佛悄悄地诉说着希望。一缕亮闪闪的阳光，穿过淡薄的云层，透过嫩绿的树叶，照着世间万物。同时，也照在我的心尖，温暖而舒适。曾经，微风徐徐，风筝断了线，泪水亦如珍珠，我以为世界没有了色彩。而你拥住我，带我拼凑起一个五彩缤纷的世界，让我能够重拾那一份美好。我们应在这美好的季节里轻歌曼舞。

　　庭院深深，杨柳依依；蝉噪林静，鸟鸣山幽。天空似一幅优美的画卷，鲜亮而又热烈，就如我的心，热情洋溢。姹紫嫣红的月季，枝繁叶茂的榆树，瑰丽灿烂

的晚霞，仿佛轻轻地诉说着活力。一串懒洋洋的阳光，照射在山坡上，照射在小径上，给世间万物铺上了翡翠般的绒毯。同时，也为我带来了一股清泉，清凉而又慵懒。曾经，水流潺潺，嬉戏打闹掉落河中，我以为世界没有了温度，而你抱起我，带我重建了一个岁月静好的世界，让我能够重拾那一份美好。我们应在这美好的季节里拥抱自然。

五谷丰登，硕果累累；天高云淡，丹桂飘香。天空似一块空灵的蓝宝石，漂亮而又洁净，就如我的心，温馨恬静。金浪翻滚的稻田，秀丽多姿的果园，橙黄橘绿的落叶，仿佛絮絮诉说着喜悦。一束金灿灿的阳光，洒落在树梢上，洒落在屋顶上，给世间万物披上了金黄色的纱幔。同时，也为我套上了一件金衣裳，灿烂而又明朗。曾经，风卷残云，迷失方向，人生路上迷茫无助，我以为世界没有了未来，而你鼓励我，带着我走入了一个繁花似锦的世界，让我能够重拾那一份美好。我们应在这美好的季节里热爱生活。

白屋寒门，银装素裹；白雪皑皑，玉树琼枝。天空似一片蔚蓝的大海，宽阔而又博大，就如我的心，澄澈透明。洁白无瑕的雪花，郁郁葱葱的松柏，千姿百态的雪人，仿佛相互诉说着高雅。一米暖烘烘的阳光，给大地披上熙和的衣装。同时，也给我带来了一股暖流，温馨而又幸福。曾经，雪花如絮，与友争执，我以为世界没有了温情，而你牵起我，带我修补了一个完好如初的世界，让我能够重拾那一份美好。我们应在这美好的季节里积极可爱。

　　春日樱花，夏日星空，秋日枫叶，冬日雪花。一年四季，春去秋来，生命中的一切，皆不可辜负。

　　　　　　　　　　　（汉语言文学专业 2020 级　孙思）

我与春天的约会

春天的田野里种满鲜花和希望，抛却往昔的种子，让风也开花。

此刻眼前的一片春景，让我突然明白这世上所有的丹青水墨、山遥水阔，都是为了铺垫这人间绝色。看着柳条抽枝换新绿，桃花含羞笑春风，燕子低飞寻新泥，我忽而察觉好像阳光暖了，风也柔了，就连天空都跟着明朗起来了。大树小草经过了一季寒冬的坚守，欣喜地抽出新芽，一点一点地展开翠绿的容颜。我们期盼的春天终于来了……

我去寻找春天的踪影。在开满油菜花的山坡上，在麦苗疯长的田间小径里，纯真的孩子们背着书包相互追逐，高兴时便一头扎进那黄花丛中，在刚冒初芽的草地上打几个滚儿，把笑声传得很远很远。偶尔，我们一起去小河边垂钓，看鸟雀低低地掠过水面，但又扑棱着翅膀飞向天空。春风从四面吹来，吹皱河面，荡起一圈圈的涟漪，我们看着那盈盈的微波处，小鱼跃出水面，溅起漂亮的水花。我们任春风轻拂我们的脸庞，带着暖暖的春意……

春，是一幅饱蘸着生命繁华的画卷。无论是破土而出的小草，还是含苞待放的花骨朵；无论是慢慢舒展的绿叶，还是缓缓流淌的小溪；也无论是悄无声息的禾苗，还是莺莺絮语的鸟儿……只要把春的帷幕拉开，它们就会用自己独特的方式，在这里会演自然神奇的活力。披着柔媚的春光，让略带甜意的风从身边掠过。领悟到春的气息里，其实饱含着一种最令人感动的柔情，也会觉得大自然就是一位奇特的母亲，她竟选择在万物萧条的冬之尽头，将千姿百态的生命孕育而出，让它们踏着那最为柔媚的第一缕春光，相拥而至，把无限的生机带给人世。

春天该多好，你我尚在场，让我们一起与春天来一场浪漫的约会吧！

（汉语言文学专业 2020 级　马媛）

初夏物语

芳菲歇去，南风唤醒正懒懒趴在窗边睡大觉的夏日，让睡眼蒙眬的它开始挂牌值班。烂漫的南风同时带来一张来自一千年前初夏的邀请函，这将带领人们解锁一段静谧时光、一种婉约风致。

中午时分寂静无声，菱花镜前日日出现的曼妙身姿的少女，此刻正处于温柔的梦境中。有些沉闷的室内对比室外显得索然无味。外头正值晴光大好，风光无限。槐树顶着个略显臃肿的绿盖头，几根枝条都被压得坠了地。树上颜色这处深翠欲滴浓墨，那处青青黄黄犹待成熟。走远瞧着鼓鼓囊囊的一团团，像极了盛满羞涩心事的荷包，只盼替主人说清那眼波流转的余味。近来细看又觉得枝丫纤细，形态优雅得如同少女迎风挥舞的藕臂。枝上片片初长成的新叶纹路细腻如妙手下一针一线凝聚的蕙质兰心。触叶有质感，让人赞叹这绿色都端庄雅正。槐旁高柳，身量长得大，举止间却作小女儿态依依不舍，是留恋这被拉得悠远绵长的光阴吗？天地间此时连熏风也昏昏欲睡了。

抬头，金黄灿烂的光饱含热情地照耀着大地，清除微雨留下的痕迹。温暖对占据世间所有事物灵魂高地的事业信心十足。蝉的热情也被点燃了。但在片刻鸣叫后，这只活泼的蝉儿忽地发觉周遭流光溢彩的碧色是如此静谧迷人，而自己的聒噪又是怎样不合时宜，于是不自主地息了声。蝉安静了下去，院落的清凉明透更甚之前三分。空气里泛着香味，是闺阁里会打旋的云烟散出。这云烟出自香炉，小香炉颈上雕莲花纹，质感如玉般光洁细腻，单用精致形容是一种对这物什傲慢的亵渎。这烟自带飘逸的属性，腾云驾雾的游动里凸显的是无限的卓然不群。

目光随风的脚步行至屋外，窗外的绿意慷慨而又风流，从自己的库内挪出一部分赠予了窗纱。也许是造物主不忍如此风景被遗憾错过，一阵叮咚的声响，似白瓷盘上有细纹破碎，打断了这仿佛没边际的静。少女睡

意大消，她站立起身，眼忽被窗外几抹鲜红迷住，原是刚被雨润湿的一朵朵石榴花，瓣是娇嫩的，如妆盒里艳丽的胭脂，团团火焰般地助长着初夏尚显单薄的声势。花朵衬着少女明亮的容颜，恰合了那句"人面桃花相映红"的意境。池内荷叶都是小小的一片片，来回与风戏耍，头左摇右晃的。小荷边际弧度与水波荡漾之态相依相衬，真不知是谁更胜一筹。

昨日的微雨已离去很久，小水珠们的生命也走到了暮年。少女伸手抚上荷叶，叶上的清露还存着许多，大颗小颗地排列着，像一盘解不清的乱棋。其中一颗偶然滴下，在缓缓流淌的清波里打出一个小漩涡，然后销声匿迹。少女有意和绿盘做游戏，掉转荷叶的头，使露珠聚成一汪。动作再大些，直引得一捧露水汇入湖水中，惊了一池闲闲散散的锦鲤。

天空澄净，少女许许多多的心事随风将这午后漾得丰盈。她静立水畔，似要将这悠悠天色拥入怀中。蝉鸣声远了，嫣红与碧绿之色浅了，一千年前的初夏画卷正渐渐合起。下一场美梦会何时到来呢？

（汉语言文学专业 2020 级　孙树凡）

镜·静·净 （刘彦江　摄）

四食记

人的一生，离不开柴米油盐酱醋茶。当卸下一天的劳累，坐在餐桌前品味丰盛的菜肴时，在那一刻无比满足。中国人在吃的方面从不含糊，从精致到简单，无不传达着美味的极致。

"律回岁晚冰霜少，春到人间草木知。"春天是一年之始，大地从冬的寒冷逐渐回温，偶尔一点小雨滋润着干涸一冬的幼苗。这个时节，不光鸟兽鱼虫要感受一下春的气息，人也需要从寒冷中恢复过来。去竹林里挖上几棵春笋，剥开洗净，鲜嫩欲滴，放上油盐葱，加点肉，放进锅里轻轻翻炒，春笋鲜香的味道就飘出来了，再配上一壶好茶，春天的味道就灌得满鼻满肺都是。而笋尖最为鲜嫩，是整个笋的精华，拿来炒蛋，味道清甜，春就这样进了肚子。春色满园，也满人心。

"懒摇白羽扇，裸袒青林中。"夏天是四季中最为热情的季节，来得轰轰烈烈。夏虫的声音逐渐响亮，傍晚的风吹过，带来些许清凉。在这个季节中，吃点清凉的食物最好不过，而我眼中最适合夏季的不过各种瓜果，水分高，热量低，清淡可口，味鲜滋补，对身体自然是极佳的。买一点冬瓜，切成片，配上虾皮，不管红烧抑或做成汤，都十分鲜美。做好的冬瓜汤，从锅里飘出淡淡的咸香味，不断勾引着人的味蕾，这或许就是夏天的味道之一。

红叶枫原，层林尽染。提到秋天，我首先想到的是满园桂花飘香，黄色的小花开得漫山遍野，甜甜的味道可以传得很远。在这个丰收季，不如做些美食来感受一下秋季之美。夏季的杏子留下了一盘杏仁，磨成浆，滤成汁，加上白糖和牛奶，凝结后切成块，浇上一勺桂花浆，一道杏仁豆腐就做好了，在高温未结束的初秋，清凉又解暑。"停车坐爱枫林晚，霜叶红于二月花。"随着温度降低，更有许多美味可做，秋季是成熟之季，何不好好体会秋季自然的馈赠？

冬季来得悄无声息，银装素裹下，不乏家之温暖。冬色关不住，一室幽寒，家人为灯，才暖入人心。寒冷的时节自然应吃些暖胃之食，在寒冷中，肉类是最能提供热量的食物，所以冬季也是一个适合吃涮羊肉的季节。热辣的味道总能勾起人的食欲，听着滚滚的水声，羊肉在锅中翻腾几秒，就可以食用了，这个有着千年历史的美味佳肴又一次被端上餐桌供食客享用。"林表明霁色，城中增暮寒。"寒冷冬日，温暖人家，一锅美味，聚一家人，即使冬寒，也能传递温暖。

从清淡到热辣，从朴素到精致，无论众人追捧的餐食，还是滋身养体的药膳，都是中华文化千年流传的精华。而中国汇集民间智慧的不是最精致的食材、最完美的厨具，而是如何让这种美味更为贴近平民百姓，更易走进千家万户，美食惠及的是民，只有更贴近民众才能更亲民。

（汉语言文学专业 2019 级　胡潍）

四食记 （刘彦江 摄）

四季轮回生生不息

阳光一天比一天煦暖，和风一天比一天轻柔。你听，朦朦胧胧之际，树林中的小鸟又在啁啾了。春日来信，庭前花木满，院外小径芳，陪你在春日里静候美好。许多美好的故事正在进行，为你记录最美的风景。春有约，花不误，年年岁岁不相负。蓝天白云里，白鸽自由飞翔，这大概是最与众不同的美。春天里，一切都是美好的、生气勃勃的。美好而又独特，愿更多人在这春光里，感受明媚而温暖的美好春天。

有句话说：人是跑不过夏天的雷雨的。前一刻人们还在忙碌，听到雷声就忙着往家赶，可还是没跑过夏日的雷雨，它好像誓要淋湿辛勤劳作的人们才甘心。它好似一个暴脾气的小孩，来也匆匆，去也匆匆，没下一会儿便雨过天晴了。大雨后，万物无比干净、清爽。盛夏时百花缤纷绽放，阳光的滋养让万物欣欣向荣。迎面一树紫色花开，给心情一抹缤纷的色彩，欢悦的夏日里，生活已然如诗。朝阳初升，披上了一件优雅的外衣，精致柔和的色调，尽显浪漫色彩。

秋日清晨是沉静的，随着太阳慢慢升起，世界渐渐变得热闹起来。叽叽喳喳的鸟叫声、小孩在巷子里的嬉闹声、大人出门见面的问候声……画面是那么温馨和谐，每一人，每一物，每一景，都是最珍贵的礼物。秋意爬上了叶梢，枫叶、杉树四处红遍，一个秋季限定款便来了。

隆冬时节，万物被冰雪所包围，天地之间，一片耀眼的苍茫、一湾静谧的蔚蓝，从天而降的雪花，让大地归于平静。冬天，少了一些活力与澎湃，却多了一份从容与温柔，也许只有踩过冬雪，才不负这触动内心柔软的时节。一草一木在冬雪的辉映下有几分灵动的姿态，绿化树被雪压弯了腰，落叶乔木银装素裹，最惹人沉醉的是树枝间那一抹鲜艳的红，一串串红彤彤的果子在白雪的映衬下那么迷人，碧绿的松针挂着一朵朵白雪儿，

共同谱写一首冬日的浪漫协奏曲。

四季异景，鸟语花香，实力演绎绿色生态佳境。岁月葳蕤，时光翩然，春生夏长，秋收冬藏。四季如期而至，尽是人间美好！

（汉语言文学专业 2019 级　高怡然）

给"杨将军"

这个"杨将军"，是我爸。

我爸在我成长中有太多的称呼了，我最喜欢的还是"杨将军"。不论在什么时候、什么情境下，他永远都是一副组织者、领导者的样子，事情总得在他的控制之下才能办妥。于是我就叫他"杨将军"，他也欣然接受这个称呼。这自然地也成为我们闲时的笑料。

其实细想来，从我年幼到长大成人，他总是这样做的。

"杨将军"在我的童年生活里是个很矛盾的角色。他颇具艺术细胞，无比欢乐和有趣，总觉得自己和孩子应该是好朋友，但好像仅仅我和他是朋友，他和我却还是父子。我把"杨将军"当朋友时，所有的争论都以"我是你爸"收尾，我就免不了遭受拳脚威胁和皮肉之

苦；我把"杨将军"当父亲时，又总能招来伙伴们羡慕的眼光，因为我有这样一个很像哥们儿的爸爸。于是我的童年总是充满了矛盾，以至于现在提起仍让我感到紧张——因为家里丢了螺丝打过我，因为忘记锁门打过我，因为很久都没打我而打过我，还有我被赶出门在楼道的尴尬和来了客人得忍住不哭的委屈，犹在眼前。之后才是"杨将军"和我一起度过的，这个世界上再也没有的、无与伦比的那些快乐时光。

　　毫不夸张地说，我童年所追求的人生目标就是得到"杨将军"的认可。有的父亲大抵是托着孩子向上或者向别的方向走，"杨将军"总是对此表示极度的鄙视，所以我总是追赶着"杨将军"的脚步，赶上了是理所应当，赶不上的时候"杨将军"就又变成那个严厉的父亲了。记得上小学的某一天，父母吵架了，每天冷战，我能想到的解决办法就是将我极厌烦的数学硬啃下去，还好取得了不错的阶段性成绩。那天晚上，"杨将军夫人"和往常一样来和我道晚安，我对她说："老妈，你俩别吵了，我好好考就为了你们能别吵了，你俩要是再这样我就白学了。"我的语气既委屈又认真，让她笑了好久。

可平日里没有那么多笑声，我对数学的厌烦再加上我优秀的哥哥作为标杆，得到"杨将军"认可不是一件特别容易的事，实现人生意义也变得难了许多。当时的我甚至不敢向窗边走，我总想着一死了之。但说实话我并不敢，这种想法让"杨将军"和"杨将军夫人"知道了大概又要划归于某种我新找来的借口之列，免不了挨一顿讥讽责骂，还是得不到认可。

"杨将军"看起来好像是离我最近也是最真实的童年阴影，是一个父权家庭的执政者，是给我性格里带来压抑和恐惧的罪魁祸首。其实并不是，并且完全相反！

其实在我童年里占据大多数的是那些世界上再也没有的无与伦比的快乐时光，前面说到的，我称之为教育。就在写下这些文字的前两天，我和"杨将军"还聊到挫折教育的问题，我说："我觉得挫折教育是必要的，但并不是挫折那么简单，如何弥补挫折的副作用才是'教育'的重要部分，就像你不揍我不行，但是我挨了揍还知道我爸是爱我的，这才厉害。""杨将军"隔

了许久才回复了三个字"好孩子"。

时至今日，我已经太了解"杨将军"了，我知道我和他一样，我们一直都拿对方当朋友。我看他抱着我的老照片大笑，于是揭穿他嘴上说的教我打球，实际上就是用他的球技欺负连球都拍不好的我；一起下馆子，他也会给我点一瓶啤酒，尽管我并不怎么喜欢，之后他红着脸，像大哥一样给我说着有关人生和未来的话题，并认真地告诉我："你自己选的路得坚持走下去，肯定不容易。李荣浩不是唱了嘛，'经历的坎坷，是度过青春的快乐'。对吧？是快乐。"然后颇正经地说："找老婆可别找你妈那样的啊，你看我一天让她欺负的，喝个酒还得跟儿子偷偷出来喝。"之后嘬一口酒，眼睛一眯，露出一排白牙，笑得比谁都幸福。

"杨将军"认真地说，他也是第一次当老爸，有做得不好的地方我得理解；"杨将军"义愤填膺地说，我小时候可折磨死他了，等老了他也得折磨折磨我；"杨将军"涨红着脸说，他儿可不是谁都能比的；"杨将军"轻松地说，没事，多大的孩子了都，自己注意安全，还让我到学校了跟我妈说一声。

从开始到现在，二十载时光里，"杨将军"从一个意气风发的小伙子变成了一个普通的、自己也时常会说"年龄大了"的父亲。他喜欢朴树的歌曲 *Forever Young*，里面唱："你拥有的一切都过期了，你热爱的一切都旧了，所有你曾经嘲笑过的，你变成他们了。"我猜，对于他到底老没老这件事，他清楚得很。其实我也清楚得很，我不再是那个身高只到他肩膀的"哥们儿"了，我比任何时候都清楚有关"杨将军"的一切。至于他到底是我父亲还是我朋友，我要说，他是一个我得叫爸的最好的哥们儿。

"有时你怕，不知道未来在哪儿，这世界越来越疯狂，早晚把我们都埋葬。"我把这些文字写给"杨将军"，写给那个在单位里拿过很多荣誉证书的优秀文艺工作者，写给找到了天底下最好的老婆的那个人——当然最重要的，我把它，写给我爸。

（汉语言文学专业 2018 级　杨博洋）

我的父亲

人们常说，父爱如山，但这句话在我和父亲之间却变成了"相处如隔山"。

我的父亲也和其他很多父亲一样，是严父。但严父的"严"，在他的身上不仅是"严格"，更多的是"严肃"，甚至可以用"凶"来形容。从小到大，他的一个眼神都会让我坐立不安、心惊胆战，越长大我越发不敢直视他的眼睛。有时候我的朋友来家里找我玩，当父亲回家后，她们就会急着离开我家。小时候我为了看动画片，和父亲抢电视遥控器，现在回想起来，不得不承认那时候的我真是"勇敢"。

我和父亲之间"隔山般的相处"，犹如与陌生人之间的感觉，很大的原因是小时候父亲常年在外地工作以及后来他的病和他的坏脾气。

在我小学五年级时，他没再出去工作了，而是和妈妈在县城开了家花店。从那以后，花店就像我的第二个家。但那里承载着我太多挨打挨骂的经历，以及他和妈妈吵架时我躲在厕所偷偷哭泣的恐惧。开店没过两年，他生病了，很严重的病。他的脾气似乎更不好，我总是不能理解有时候他对我突如其来的指责。慢慢地，我和他之间的交流越来越少，我们之间那座山也越来越高了。

今年暑假，我做了一个肿瘤手术。其实只是一个小手术，但肿瘤进行初次化验后，结果显示不能确定是良性还是恶性的，需要进一步检验。等待第二次结果的那几天，只能用煎熬来形容了，我度日如年。白天心神不宁，夜里睡到半夜我都会突然醒来，眼角流着泪，梦里也充满了恐惧。夜里睡不着的时候会想到父亲的病，他不间断地透析，一把一把的药，还有左臂那根凸起的透析管。这种状态已经好几年了，他每天又是怎么度过的呢？也会和我一样在梦中惊醒吗？

我的肿瘤标志物检测结果是良性的，而父亲的病却

看不到希望。在度日如年的那几天，我似乎理解了他的严肃和他的"坏脾气"。

仿佛又回到我上学前班第一天放学时，迎着夕阳，父亲骑着自行车载着我，问道："今天都上了什么课呀？"后座上的我回答道："音乐、美术、拼音、体育……"他说："哈哈，上了这么多课吗？"

（汉语言文学专业 2019 级　欧庆）

父子情深 （刘彦江　摄）

花开有缘

爱如花开，诉不完柔情蜜意；爱似花落，数不尽相思离愁；爱像花枯，抵不住岁月绵长。

美人醉

每一朵花的绽放，都是一次爱的告白。

奶奶喜欢花，所以爷爷为奶奶找来一盆绝美的花。我喜欢叫它美人醉。因为它花开的时候，只有一朵立在枝头。它的颜色像玫瑰那么热烈，它的花瓣像牡丹那样华贵，它就像绝世独立的美人一样，让人迷醉。

每次奶奶出去买菜，都能听到爷爷在电话里的催促声："都出去那么久了，再不回来，花都要枯萎了。"以前总在书中看到"陌上花开，可缓缓归矣"，初闻不知其意，现在品来甚有意味。

爷爷的嘴很挑剔，他喜欢吃肉不喜欢吃菜，但他吃肉也只喜欢吃那种肥而不腻的肉。对此，奶奶总会一边批评教育爷爷，一边给爷爷做他喜欢吃的肉。爷爷吃的苹果是奶奶削好皮、切好块的，但第一口爷爷一定是给奶奶的；爷爷吃的虾是奶奶剥了皮的，但奶奶的碗里一定会有爷爷夹好的菜；奶奶会给爷爷准备好出门要穿的衣服，爷爷兜里的好东西一定会有奶奶的一份；我和奶奶下五子棋，爷爷一定会在旁边帮奶奶作弊。奶奶喜欢看电视剧，爷爷喜欢看戏剧，可是家里只有一台电视机，放的还都是奶奶喜欢的电视剧，于是奶奶给爷爷买了一个收音机，每次去家里都是戏剧和电视剧一起播放，好不热闹。就这样，我在最好的花期里，看到了最美的爱情。

落花泪

细数落花两三瓣，无人知晓愁思在。奶奶生病住院

了，爷爷腿脚不好不能陪着奶奶，所以姑姑和大伯在医院照顾奶奶，我爸爸在家照顾爷爷。那盆美人醉因无人照料成了美人泪，花瓣一片一片落在花盆里，诉说着无尽哀愁。

在家里，爸爸很苦恼，因为他做的饭不合爷爷的胃口。但是爸爸的厨艺是去饭馆学的，堪称一绝，每次过年都是爸爸掌勺做年夜饭，大家都很喜欢，不知道为什么这次爷爷不喜欢。于是爸爸只能劝吃得越来越少的爷爷多吃点，没办法的时候就给奶奶打电话，奶奶一发话，爷爷准会听。

在医院，姑姑和大伯也很苦恼。奶奶总吵着回去，说是爸爸太粗心了，照顾不好爷爷。姑姑和大伯只能哄着奶奶说快了快了。每次我去医院看望奶奶，奶奶第一句问的一定是爷爷怎么样，然后责怪爷爷挑食，责怪爸爸照顾不好爷爷；每次回家看望爷爷，爷爷第一句问的也是奶奶怎么样，心疼奶奶这次遭了罪，担心姑姑和大伯照顾不好奶奶。

终于，日子到了奶奶出院的那一天，所有人都松了一口气，爷爷奶奶也终于回到了从前的老样子。就这样，我在花落的时节，看到了别离的相思。

枯别离

待浮花浪蕊俱尽，伴君幽独。爷爷去世了，我最后一次见他是在葬礼上。我从未见过奶奶哭，即使被病痛折磨，她也会温柔地安抚我们，不落一滴眼泪。可是，当她请求最后看一眼棺材里的爷爷时，她哭了，那是我第一次看到奶奶哭。此时的她就像蒲公英，风一吹，就散了。

爷爷走后，美人醉枯萎了，只剩一根残枝在风里飘摇。没有爷爷的房子是空荡荡的，没有电视剧和收音机播放的声音，没有爷爷奶奶斗嘴的声音，也没有奶奶做饭的声音。每次去奶奶家，都能看到她一个人望着那盆光秃秃的美人醉，她只是静静地站着，静静地看着……奶奶，她不会笑了，再也没有人能让她笑了……为了让奶奶开心，姑姑买了很多名贵又好看的鲜花，爸爸做了

很多色香味俱全的佳肴，大伯买了很多新奇的小玩意儿……奶奶都接受了，但我们都知道她不开心。

一年后，奶奶也走了。我看着空荡荡的房子，看着那盆美人醉，我突然明白了：春赏百花冬观雪，醒亦念卿，梦亦念卿。在失去你的所有日子里，周围所有关于你的一切都是刺穿心底的利刃。如果死亡是另一种重逢，那么故事是否依然美丽？在这个花枯萎的季节，我看到了凄美的结局。

梦里，我看到美人醉依然骄傲地立在枝头，爷爷搂着奶奶就那样笑着坐在一起，坐在我最熟悉的家里，等着我回去。

花开有缘，缘为爱。花开，语柔情蜜意念卿；花落，数佳人归期思卿；花枯，守岁月绵长待卿。

（汉语言文学专业 2019 级　崔甜）

月　亮

今天，我去看月亮了。

我一直很喜欢用月亮形容她。月亮温柔有情，就像她一样，而不是她像月亮。因为她，我才开始注意到月亮，她让我在黑暗中摸索时不觉孤单，她用自己的光亮一直照着我的路，伴我一程又一程，让我看得清去时雪满天山路，山回路转她仍在。

所以我一直常说她温柔，她能给我安稳、安定的感觉，让我变得坚强。

幸得识卿桃花面，自此阡陌多暖春。与君初相识，犹如故人归。

很多次想象，我最不愿意等到的那个六月。

因为等到六月，我会离开长安，这座让我日后提及依旧会泪流满面却又满是故事为人说道的城市。我们在

夏天相遇，也注定会在夏天分别。

一世长安在我这里，其实只有短短四年。可是这四年里的故事呀，多得数不完。

我第一个说起的人，肯定是她。说她眼眸明亮，眸光温柔；说她声音悦耳，音色出众；说她待人温柔，却又不失坚忍；说她叫我乖，说她有情怀……

她可以给我底气，让我做自己喜欢的事情；她也可以给我力量，让我奔走在孤寂无人的原野上，让我在艰难挣扎着独自前行的路上永不回头。

在她那里有青山绿水，有山河湖泊。

在她那里我看见了遍览山河之后的王琦瑶的影子，摇曳生姿的灵魂在现世安稳里，温情又不失凛冽。

她像是我的崔斯坦，是我的摆渡人，可以在空旷无人的荒原上带着我奔跑，哪怕我不知道前方的路会是怎样的，可是那种安稳和感动我真的会一直牢记。

她是一个落笔温柔的人，也是一个言语生风的人，坦荡得像内蒙古大草原一样辽阔，娇嗔时又像江南水乡一般婉转曲折，唯独没有一丝黄土的气息，倒是存了些古都的风韵和博大。

旁人眼里的风花雪月，我似乎不怎么在意了，只想着不要辜负了自己，不要辜负了她才好。

我以为的我很清冷，可是呀，在她那里，我一瞬间就掉落到了世俗里，人间烟火气在我周身萦绕。我在尘埃里悄悄看过她的眼睛，崇拜着、艳羡着和偷偷努力着。我是她遇上的众多星辰中的一颗，我把花枝、露珠般所有美好的东西都比作她。

我在她的光芒里，找寻着自己的路。在她明亮的眼神里，借着她的光，我也见过了"银河"。银河星云在她那里，让我有梦可做，梦里开出来的花朵，也让我躲着笑着。

"靠近光，追随光，成为光，散发光。"

这句话说到了我心坎里，我也想像她一样，成为别人的光亮，照亮他们前行的路，告诉他们，摸爬滚打着的才叫岁月。

那样，日子才能有盼头，生活才能有奔头，我们才都能朝前走。

（汉语言文学专业 2017 级 曹乐乐）

那歌，那人，那段岁月

深夜，星辉透过薄纱洒满窗棂和屋外，梦中回忆支离破碎，却依稀可以拼凑出往日的流年时光。

旧河畔，老房屋，一切如故。脚下的青石板上布满青苔，小院儿里的野蔷薇娇艳动人，连带着空气中都弥漫着淡淡的花香。院子中央的歪脖子树依旧枝繁叶茂，外婆坐在树下的长椅上乘凉，她笑眯眯地对那怀中渐渐熟睡的娇憨可人的小女孩，唱着那动听熟悉的歌谣："晚风轻拂澎湖湾，白浪逐沙滩。没有椰林缀斜阳，只是一片海蓝蓝。坐在门前的矮墙上，一遍遍怀想。也是黄昏的沙滩上，有着脚印两对半……"那澎湖湾是承载我整个童年欢乐的世外桃源，有着在村庄的路口痴痴地盼着我回来的外婆。我怀念她用那枯瘦却温暖的大手紧紧牵着我的小手漫步在田间小路，带着我去雨后初晴的山上采蘑菇，挖野菜，数蚂蚁；我怀念她为我卷起裤管，领着我赤脚踩到小溪里打水仗，摸鱼虾……

时过境迁，外婆的小屋现已破败不堪，而那年复一年的花开花谢，绿了一季又一季的歪脖子树都仿佛在告诉我外婆并没有离我远去，她依然陪伴在我的身边。我在炊烟袅袅和外婆日复一日的呼唤声中逐渐长大，而今只余空城旧梦，难寻故人，难回旧日好时光。

摇啊摇，摇到外婆桥，梦里外婆拄着杖，将我的手轻轻挽，我们踏着薄暮，走向余晖，走向那属于我们的澎湖湾。

（汉语言文学专业 2020 级　马媛）

父母爱情

在20世纪60年代的陕西的一个村庄里，一个身形纤瘦的姑娘正悄悄地扒着院门往家里张望。看那姑娘，十六七岁，面露稚气，有着一双水汪汪的大眼睛，从扒着门的双手可以看出，她是一个勤劳的农村姑娘。她远远地听见来给她说媒的那个老妇人声音洪亮地说："这门亲事必须得成啊！你们两家又是从山东来的老乡，这就是天大的缘分啊！再看，两家又是邻村，好来往呀，这要过个年过个节的多方便呀！"女孩的父亲却面露难色，只是陪着媒人干笑。女孩的母亲眼里噙着泪，心疼地说："俺们家妮子刚过门就要做个活寡妇，俺不愿意！"仔细听了听，才知道事情的原委。

原来是那个比姑娘大三岁的小伙子要去当兵了，是去驻扎边疆。"去新疆那么大、那么远的地方，光坐车就要好几天呢！""当兵就会打仗，打仗就会受伤死人的！""这还不知道能活几年呢，别嫁过去没多长时间真守寡了。"高高低低的声音嘈杂着，女孩虽听着姑姑姨姨们说着吓人的话，可心里却想着那个男孩是什么样的长相。终于，在嘈杂声中，大家长拍板了。"这门亲事俺同意！别听她娘瞎说，女人头发长见识短的。人家小伙子是去保家卫国，咱是跟着沾光嘞！"女孩的脸红扑扑的，一遍又一遍地幻想着她的郎君。

秋天到了，老皇历上写着八月十五，宜走访、宜嫁娶。女孩抱着柴火要去烧火做饭，忽然看到门外站着一个高大英俊的小伙子。女孩的家人急忙出来迎接，母亲喊道："兰兰，快来！"女孩立刻将手中的柴火放到灶房，在衣服上擦了擦手就小跑着去了。小伙子端坐着，看到女孩后，脸上泛起了红晕，因为他知道这个女孩马上就会成为自己的新娘。后来，女孩跟在小伙子后面，他们去办理了结婚证。接着，便在生产队长的主持下，仓促地举行了婚礼。

新婚不久，小伙子就远赴边疆；女孩则任劳任怨地

操持着这个家，日复一日、年复一年。两个人表达思念的密码，就是小伙子临行前交给她的字条上的那句话："我想念你。"这也成为她在苦难生活中的蜜糖。

又过了几年，曾经的小伙子已经褪去了稚嫩，脸上多了岁月的沉淀，他回来了。他从简单的行囊里拿出了几只卤猪蹄递到年轻的妻子手上，并难为情地说："这几年你辛苦了。我也不知道你喜欢个啥，听咱爹说你喜欢吃猪蹄，我就买了几只。等会儿咱煮了吃。"年轻的妻子听到这话，就立刻去厨房烧水做饭了。军人丈夫自责着："这咋说的话和心里想的不一样呢？"

"从前的日色变得慢，车、马、邮件都慢，一生只够爱一个人。"虽然对于他们二人而言，没有甜蜜的话语，思念的话也都不曾提及，可这深情厚爱抵得上一万句告白的话语。

（汉语言文学专业 2019 级　任颖倩）

少年锦时

　　往事回首，如细沙般流动，岁月的脚步从来不会为谁停下。那些依稀存留的喜悲啊，便只能随之消逝。但无论何时，总有一处港湾，是心灵的慰藉，是梦的开始……

　　那所使我魂牵梦绕的大院，犹如放旧电影般在眼前铺展。我们常常叫它工房院。院子是四方齐整的，由一座座略显锈色的苏式小楼组成。它和现在的住宅差不多，也是一梯两户，但因为职工太多，房源紧张，只能将一户拆分成三户住，厕所和厨房都是公用。尽管记忆中的房子小小的，但是妈却收拾得很温馨，虽然住宅略微拥挤，却也有着现在高楼大厦少见的邻里温情。那时候各家之间互相帮助，一家做了好吃的，总会分给其他家。一到做饭时间，厨房便充斥着忙忙碌碌的身影，到

处充满欢声笑语。除去整齐划一的小楼，剩下的便是不知何年岁的参天大树。小时的我不知何谓参天，却知道抬眼望去满是绿色，宛如一把天然的巨伞笼罩着整个大院。每当雨季过后，树底便会冒出一丛丛的小野菇，十分可爱，现在想来甚是有趣。

清晨院外是最热闹的，熙熙攘攘的人群在摊位中挑选所需。这时爸妈总会把那扇仅有的小窗推开，感受一天中少有的热闹。快到起床时间了，爸总会捏捏我的小鼻子将我唤醒，待我清醒后，妈便带着我去洗漱。当一切准备就绪，就牵着我的手走向对面的幼儿园。当经过那些充满人情味儿的小摊时，我总是流连忘返，觉得世间一切美好都汇聚于此。

还记得每次去姥姥家时那个城墙下的梦。小时候，妈总会牵着我，沿着城墙的一端往前走，那一刻，妈总免不了要教我记姥姥家的位置，以至于我现在还记得：朝阳门东八路，第二个岔口右拐，便是姥姥家——那个童年最温馨的地方。小区里有个老奶奶开的杂货铺，那是我小时候最憧憬的地方，我常幻想有一天自己也能开这样一个小店，可以吃到各种零食。为了满足我的小心愿，姥姥和舅爷总会借着带我散步的由头，给我买这样那样的好吃的、好玩的。每逢佳节，便是大人们谈天说地的好时机，也是我最快乐的时光。这时，大人们忙着喝酒聊天，没有工夫管我，于是我便可劲地撒欢儿自乐。姥姥家充满了欢声笑语，那是我最怀念的时光。还有那条通往姥姥家的小路，总充满了人情味儿，是老城区的记忆，有电车驶过的叮叮声，也有姥姥笑着摇蒲扇哄我睡觉的温情记忆。

如今在梦里我却很少回到从前了，大概人总要向前看的，连梦也是如此。尽管记忆里的大院和姥姥家的欢声笑语都渐渐远去，但曾经拥有过，何尝不是幸运的？

（汉语言文学专业 2019 级　董宇昕）

小院子

在这样冰冷的冬日清早，我又想起爷爷家的院子。那是有着低低的屋檐，有着半边盖着砖瓦房的院子；那是有着茂盛的葡萄藤蔓的院子；那是堆满了或新或旧的柴火的院子；那是有着种了茉莉、海棠和小桃树的院子；那是青石上长了苔的院子；那是门外种了柿子树和小蒜苗的院子……

可是后来这些都不见了，那满载着我的童年时光的院子，那见证了我成长、见证了我珍贵的爷孙辈亲情的院子，都不见了。在农村，旧旧的房舍大都拆了又盖，换成小二层楼的白瓷砖房子，崭新又突兀。

是的，爷爷也不见了。往事似乎随着爷爷的魂灵，优哉游哉地在人间逛上一圈，眼看就要远远地逝去了。

那是2015年的暮春时节，记着天色有些灰暗。我在学校，匆忙赶来的父亲对我说："爷爷殁了。"我怔住了，呆呆的仿佛是被抽去了操控丝线的木偶，不知道该做何动作，僵硬地站着。

一直以来，我总觉得死亡离我太远太远了，那是我记事到如今唯一的一次面对亲人的离去。

我回去了，手里攥着几张皱巴巴的纸巾，回到那个已经不一样了的院子——院子里爷爷安详地躺着，他再也不会醒来了。亲朋来了许多，忙里忙外张罗着白事。母亲早为我准备好戴孝的麻衣，我换上，去给爷爷磕头、上香……

那是头七的日子，院子里乌泱泱跪满了人。灰白色、金黄色的纸钱投进那烧烫了的火盆里，变成黑色的灰烬，轻轻地飘到空中，飘到院子里，飘到我眼前。我睁不开眼，或许是泪眯了眼，或许是灰，也说不上来。只知众人悲戚的哭声，盖住了我的声音；只知那一滴一滴泪，悄悄地落在地上，遁了形、没了影。

蒙眬的泪光里是爷爷早年间穿着黑色的棉袄，有些磨破了的帽檐刚刚遮住额上的皱纹，他在冬日里揣着冰

凉粗糙的手，一步一步从院门前的巷道走来。我知道他马上就能看见站在门槛上向东张望着的我，知道他就要喊我的名字了……

可是我只听到人们的哭声。我跪在地上，只单单想起爷爷的音容笑貌，就想再拽着他的衣袖，喊他一声"爷爷"……我又怎能不哭泣？

那是遥远的童年，爷爷抱着我在院子里认那粉色红色的花儿；在秋后摘金黄的柿子剥了皮喂我；在夏日里踩了高高的梯子剪下一串串熟透了的葡萄……我又怎么会忘记，那些领了我去看大戏的日子；那教我看老皇历的日子；那拿了旧报纸折成田字格教我练毛笔字的日子……太多太多，一回想起来，我似乎还是那个小小的孩子，还是那个不知人间疾苦，只要躲进爷爷的怀里，就能尝到世上最好吃的果子的小小的孩子。

爷爷是得病去世的。以高血糖为特征的代谢性疾病，我很早很早就了解了。爷爷的眼睛有并发症，有一次我去接刚下了公交的爷爷，远远地看见他提着大包小包，看见他佝偻着身子，蹒跚着步履，因为病情，他已认不出我了。我叫他："爷爷!"看他抬了头,绽开了笑脸,牵我的手。

爷爷不能吃高糖分高脂肪的东西,但院里架起的葡萄藤在夏日里绿得葱翠,金灿灿圆滚滚的柿子压弯了不怎么结实的树枝,院里院外那一尺三寸地常常被爷爷种得满满当当。

小时候我总想不明白,爷爷自己又不能吃,他种这些做什么?

时间给了我答案。

爷爷他总是挑了最甜最甜的柿子,总是剪了颜色最深的葡萄,一大袋一大袋地让我带回到城里的家。他亲手种了满院的向日葵,连着茎一整盘一整盘地塞给我。

春去秋来,我一天天长大,爷爷一天天老去。年岁的增加和病痛的折磨,爷爷老到不能再去北边的庄稼地里看稻谷长得如何,老到只能躺在床上和我说话,老到认不清亲戚朋友。可我最后一次去探望爷爷,他模糊着双眼,却口齿清晰地叫出我的乳名。

他怎么会老呢?怎么会老到闭了眼,不再看一眼人

间，不再看一眼赶回家的我呢？

院子里跪满了人，白天是喧闹的唢呐和唱戏声，搭了棚子摆酒席的嘈杂声；屋里屋外张罗着大事小事的人们进进出出，各式的花圈倚在墙上。夜晚，灵前的蜡烛长燃不熄。

我站在厅堂里看爷爷，爷爷躺着，睡熟了。院门口挂着一张白布写的讣闻，写着某某泣血稽颡，某某拭泪拜，某某顿首拜。字体工整秀丽，一如多年前，爷爷把着我的手，在宣纸上写下的一行行楷书。

他们把爷爷埋在了长了核桃树的北坡里，我亲爱的爷爷就此长眠。坟上插满了一路扶灵而来的柳条。我跪在湿软的泥土里，还想再看他一眼，还想再听听他的声音，还想再陪他听听戏看看新闻……但是再也无法实现了。

后来，葡萄树死了，葡萄架子塌了，那是爷爷曾经种的、搭的；柿子树也被人砍了，那粉色的红色的花儿也不见了。我再也吃不到爷爷种的果子了，那些树苗被毁得很彻底。后来，他们盖了两层贴了白瓷砖的新院子，那充满了回忆与温情的院子，也就变了样子。我突然间想起来，原来我已经有很多年，没有再尝过柿子的味道了。

在这样寒冷的冬日，我又想起爷爷，想起有爷爷的院子，想起那满院葱郁的绿色，想起那院门口供奉的土地爷泥塑，想起那青色的砖瓦地，爷爷蹒跚着脚步走进院子里来，喊着我的名字。

在这样寒冷的冬日，我竟又一次听见爷爷喊我的乳名。我颤抖着声腔答应着，抬起袖子擦了擦眼："爷爷，您冷吗？"

（汉语言文学专业 2018 级　袁雨婷）

一方戏台半生情

引：

一方戏台，是无人相和的牢笼；

一身戏服，是花影重叠的枷锁。

为了那个等不到的人，她甘愿画地为牢。

那场"郎骑竹马来"的戏，台上唱得撕心裂肺，台下听得也痛断肝肠。

可奈唱了场假戏，却动了场真情……

旧河畔，老房屋，一切如故。却可叹梦里那个依稀可见的身影早已不在。

此刻，我眼前所浮现的是你的一颦一笑、一嗔一喜，是那过往的悲欢离合，是那再也回不去的曾经。

老家的溪流旁有一座矮小的屋。早前听闻有一位戏子，总爱在那里唱戏，一唱便是三十年。在今年夏至，我终于按捺不住内心的好奇，推开了那扇早已破旧不堪的木门。

"咿——呀——"

略显苍老的声音缓缓传来。你站在仅有数平方米的戏台上，身着褪了色的泛白衣裳，背对着台下。你将手臂缓缓抬起，长袖垂下的弧度是你那半张的羽翼，纤瘦的手指被你拈成兰花指。在阳光的照耀下，你的肤色略显苍白。你轻轻地抬起双眸，目光终是落在了指尖之上。脸上虽有着厚重的粉底，但还是未能遮住岁月留下的痕迹。可是你那与生俱来的气质与风韵，并未因年岁的增加而消减半分。

仅是一眼，我便在你的笑意里沦陷，痴痴地看入了神。

历经岁月的轮回，你的声音早已嘶哑，没有了年轻时的清亮，却多了一分不可言说的韵味。花腔婉转应和着陈年的曲，这场"郎骑竹马来"的戏让人听得肝肠寸

断，可叹你唱得深情，却无人回应。于是你停下了，将已在舌尖的词又咽了下去。

不知何时，我的眼角有泪滴滑落，我挥袖擦去，只听见你那咿呀回音，在我耳边环绕不停。我不禁在想：你的衣香鬓影里掩过几声叹息，你又冷眼看过几场霓虹别离？正值我出神之际，你忽地收回手臂，似无骨般搭垂在身体两侧。

你将脊背挺得笔直，微仰着下巴。我看不见你脸上的表情，却感受到了你身上所散发出的浓烈的悲寂。

"那戏子是在等一个人，可那人已走多年，杳无音信。自打那人走后，她便不再为旁人唱戏，但总是有人能在深夜听见她的唱曲声，许是她一直盼望着那人能够回来吧。"

老伯先前说过的话，突然在我的脑海中回荡。我看着你就那样站着，时间似乎都在你的悲伤中凝固。约莫过了半个时辰，你的身体微微一颤，戏服背部的绣纹似水般波动了一下。随后你转过身来向台下走去，腐朽的木板发出吱呀的声响，伴着你的背影消失在黑暗中。

一切又重归平静，屋内你端坐在梳妆台前，摇曳的烛火下，你紧握眉笔的手颤抖不停。而后，我看见你将脸上的妆容卸尽，一张清丽的面庞映入我的眼帘。你继续对着镜子描眉，纵使眉笔只剩一个小指节的长度，也毫不在意。不知擦擦画画多少回后，突见你情绪崩溃……我知道你再也忍不住了，终于，镜子碎了一地，你开始掩面哭泣，双肩微颤，却还是倔强地不愿发出任何声音。

在你的曲中，我听到你向我诉说了你们凄美的故事，我想终有一日你们定会再次相遇。

屋内的烛火已熄，你清瘦的背影彻底融进了黑暗之中，故事也就此落下帷幕。

你用尽了一生去演绎充满悲离、无人相和的戏曲，但是曾在繁花纷飞中所度过的美好时光仍历历在目。可惜那个在梦中出现的人儿早已远去，唯独你用孤寂的背影守望着这半方戏台，痴痴地盼着他的归来……

尾：

情字可贵，等待亦可贵。即使岁月无情，佳人韶华不再，可是等待的心却未曾改变。即使杳无音信，梦中的人儿早已远去，可是年少的深情却已刻骨铭心，这份等待与情愫可叹亦可悲。

（汉语言文学专业 2020 级　马嫒）

月是故乡明

　　月在天上静坐，人在归家的路上望月。"天儿，你可知道'月是故乡明'这句话吗？"问话的是我的堂姐。我们从小便玩在一起，因此她不仅是我的堂姐，也是我儿时最好的朋友。此时，正是她经不住我的哀求，偷偷带我出来玩，被母亲发现后要求回家的时候。"月就是月，本就是一般大的，怎会在不同的地方还有不同的亮度？姐，你怕是在考我有没有学好课堂的知识吧？"堂姐笑着看我，也不多说什么。回家之后果然还是堂姐习惯性地背锅，我跑进房间躺在床上看窗外的月……

　　没过多久，既有家庭原因，也因堂姐考上了心仪的学府，她离开了，离开了和我一同生活过十年的地方。虽然她走的时候，再三保证会常回来看我，但回想一同

经历的时光，我还是觉得十分悲伤。她离开后，渐渐地我也有了我自己的好朋友，过了些时日，家里新添了小生命，我变成了哥哥。日子一天天地过，虽并没有什么新鲜的事情，但也算是很幸福了。可不知为何，每每看见我和堂姐的合影，心中总是有些失落……

窗外冷风瑟瑟，月光照在我的脸上，将我从回忆的思绪中拉了回来。不知怎么，我也成了那个离家两年多在外求学的孩子。这次回来，一是因为很久没有回来了，二则是因为我的堂姐要结婚了。看着车窗外皎洁的月光，我有些错愕。虽说她离开老家已经有些年头了，在我上高三时她已经参加工作，但她经常一有空就带我出门，帮我减轻学习压力。即使我上了大学，她也常常来看我，或带我出门或在经济上资助我。其间，也听闻她谈了男朋友，可为何还是觉得这么不真实？

妹妹一直在我的身边打转，让我带她出去玩。看着她，不知为何我总能想到年少时的自己。正好婚礼在第二天中午，还有些时间，在妹妹苦苦的哀求下，我便带她出了门。

　　路上看着天上明月，心血来潮，拉来在一旁玩耍的妹妹，学着那时堂姐的语气问她："你可知道'月是故乡明'？"说完看她，但从她一脸问号的表情中，我知道她是不懂的。想来也是，怎能期待一个还未上小学的孩子知道这些。

　　第二天，婚礼现场的大门开了，堂姐在她母亲的陪伴下走了进来。她比我印象中矮了，也比我印象中瘦了，但她今天好美，比我印象中任何一个时间段的她都美。她慢慢地向前走来，两边的礼炮有序地喷射出五颜六色的"花瓣雨"。她看见了我，轻轻一笑，就是我记忆中的那种笑容。而后她走到了台上，她笑得很开心。这一瞬间我似乎看到了她今后幸福的生活图景。

　　窗外的风吹了进来，少了一分冷意，多了一些温馨。模糊间我看见一个平淡却温馨的小镇，深蓝的天空中有一轮明月。我想，月亮本来是没有变化的，但在温馨的小镇以及小镇中种种让人流连的记忆的点缀下，月亮才变得那般明亮吧！

　　　　　　　　　（汉语言文学专业 2019 级　高晨博）

纸上故乡

轻轻捧着书，缓缓翻开封面。这薄薄的纸张仿佛千斤般沉重，承载着来自故土的遥远乐章。

故乡给了我一颗多愁善感的心，它常常在我的身侧浅唱低吟。

我的故乡，它的每一寸肌肤都浸润在厚泽的文化风俗里，在淡淡的茶香中，在醇厚的咂酒味里。它是贫穷的，但它又是富庶的。它没有呼啸而过的动车，也没有大型的轰鸣机器，但它有的是傍芳随柳的公园和黛色的群山。且不说望龙湖水碧绿如翠、深邃幽静，也不说翰林园描绘了太多历史沧桑和长廊的长虹卧波，就说太蓬十二峰崎岖溪壑，山谷汇集大量奇花古木，已是一绝。

这是我的故乡——营山。

在家乡多年，去过很多地方，心中始终挥不去的是向坝的景象。山寒水冷之时，放眼望去，不知是哪位丹青高手为之润墨染毫。人们踏着欢快的脚步，走在幽香的田野上。他们在凛冽的寒风中向土地洒下一抹抹金色。于是在阳春三月，甜美的颂歌"翩翩起舞"时，迎面而来的，便是千亩的油菜花光景：蜂飞蝶舞，草长莺飞，更美的是那软柔的云，不急不缓的，为这耀眼的天地添上些许温柔。这宽广的田野，是那么恬静美丽，就像一大匹金绸缎铺在这荡漾的摇篮里。它欢腾着，一路高歌。清风徐徐吹过，舞起层层涟漪。我痴恋着，我迷醉着。

少时最熟悉的景象，莫过于明德的茶山。一到春天，漫山遍野的茶树在云雾缭绕中抽出新叶。那些嫩绿流淌在曲径通幽处，掩映在苍松翠木中，它们挣脱枝头的怀抱，带着清凉，不急不缓，似残影被人摘下。在这里，清晨会捧着日出，给朝霞以亮丽；傍晚会守候日落，给晚霞以辉煌。

这片土地是浑厚的，伟大的红军战士曾在这里打游击：在马深溪一带激战敌军，抛头颅，洒热血；在古树

参天的明德乡夜袭陈家寨，英勇无畏，顽强拼搏……在这片土地上成长起来的人，从小就在革命故事中接受洗礼，接受家乡红色文化的滋养，也因此对艰苦奋斗有了更深刻的理解。我翻动书页，聆听里面的故事，在书中徜徉、震撼。

轻轻合上书，在书皮上缓缓落下一吻。

遇见纸上的故乡，记忆在纸上慢慢鲜活！

（汉语言文学专业 2020 级　高文佳）

年　俗

"铛铛，去把糖和瓜子摆盘子里。"铛铛妈一边揉面一边说着。

"好嘞！"只见一个上身着红色呢子新衣，下身配咖色短裙的小女孩蹦蹦跳跳地跑来。

铛铛把各类糖果瓜子吃食拿出来，摆在桌上的盘子里。现在的人心思愈发巧妙，一个大圆盘中有五个样式颜色皆不同的小盘子，相互拼凑起来非常养眼。果盘是铛铛爸自己用编条编成的大果篮，红蓝绿三色的编条编织而成，看起来十分漂亮。

到了下午，铛铛爸招呼着一双儿女去老屋河塘村。每年的三十下午，父子三人都要回老屋祭拜先人。拿着香、黄表、鞭炮等，先把屋子大致清扫一下，给供桌上的佛祖先人上完香烧完纸，再去坟头祭拜。去的路上

看到很多人家在贴对联门神，在农村家家户户都是两扇红色大铁门，甭管是新上色的还是掉漆斑驳的大门，红对联花门神遇上红底色看起来就红红火火，有点土味儿的阔气。路上遇到好些熟人，便闲谈几句。铛铛看见在一座砖房前的木头墩子上聚着几人，其中有一人是自己七爷还是六爷来着，记忆有些模糊了。就见他们手里拿着长方形的纸牌。每次回老家都能看见村里的老人在耍这种牌。四周弥漫着烧炕烧锅的柴火味道，烟雾将村子笼罩着，雾蒙蒙一片，七爷他们就在这烟火气中喝酒耍牌。

走完水泥大道，再走一段土路，就会到坟地。最近都没有下雪，天气也有点干燥，这条小路便尘土飞扬，稍微下脚重一点，后面的人就吃到一嘴灰。铛铛低头看了看靴子，靴子上都是灰，再看看其他人也是如此。这时，一辆三轮摩托车缓缓驶来，车上坐着三五人，手中拿着小花圈，这也是上坟的。铛铛一边想着为什么一定要开车过来，一边向四周看看有没有可以躲避的地方，但两边都是土坡，避无可避。那车就缓缓驶过，铛铛捂住口鼻，再抬眼，空中满是尘土。

到了坟地，听见噼里啪啦的声音，是有人在放鞭炮。父子三人走到铛铛太奶奶的坟墓前，先跪地磕了几个头，把一些小吃食搁在坟头，就点燃香烧起纸。铛铛爸一边烧纸一边说起了话，"奶，你重孙子工作一切都好，铛铛马上也小学毕业了……"给太奶奶烧完纸，又祭拜铛铛奶奶，烧完纸后放个鞭炮，也就结束了。

回到家，父子几个便开始贴对联。门旁的白色柱子上布满灰尘，先用抹布擦拭干净，这样才容易把对联贴上去。柱子足有两米多高，铛铛哥需得上梯子贴。铛铛用脚抵着梯子，手里拿着胶带，撕下一截儿递给他。大红的纸，烫金的字，看起来漂亮惹眼。等把门神贴上了，灯笼也挂上了，愈发有年味了。除了贴对联门神，厨房里还得贴灶神爷，再摆上香案。香雾袅绕，烛火通明，屋子院子里都是雾蒙蒙一片。铛铛四下看了看，街上的人差不多都贴完了对联，已经开始有人在家门口放鞭炮，噼里啪啦一阵响声过后，地上铺满了红纸屑。越来越多的鞭炮声响起，打眼望去，仿佛铺了一层红地

毯，也为这寒冷素朴的冬日增添了几分色彩。铛铛吸了吸鼻子，在鞭炮声中想，这是闻得见、听得着的年味啊！

晚上，年夜饭也做好了，一家子人聚在一起吃饭。电视上在直播春晚，但大家的心思都不在电视上。手机里亲戚们在微信群里互相问候着，红包一个接着一个地发。铛铛妈拿着几张人民币给铛铛和铛铛哥发压岁钱，这是铛铛最高兴的环节了，即使压岁钱不是自己保管。

屋外烟火绽放，鞭炮声声；屋内饭香扑鼻，欢声笑语。在春晚的倒计时中，除夕过后，新的一年即将到来。

（汉语言文学专业 2019 级　宁博华）

年俗 （刘彦江 摄）

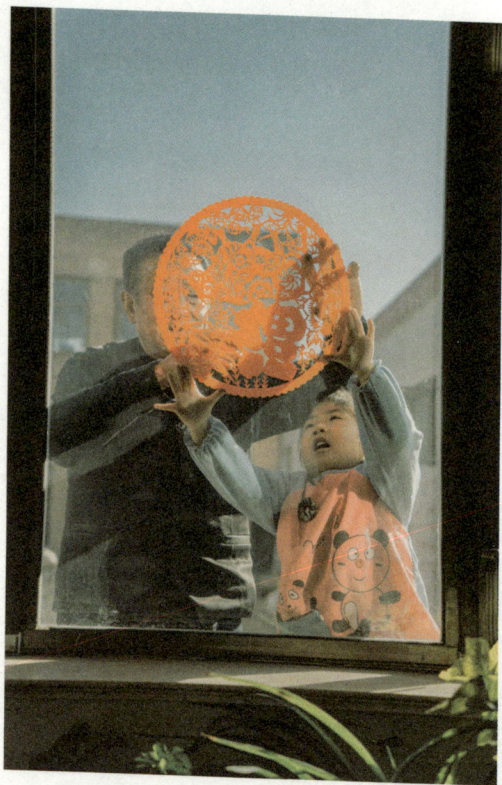

年味 （刘彦江 摄）

人间有味是清欢

人世间最有滋味、最值得留恋的，不是名利双收的场景，也不是一些华丽外表下的空洞无味，而是一些清雅温馨的时刻，那才是清欢之时，心头之好。

有些记忆，不会随着时间的消逝慢慢退化，而是冲破时空，随岁月不断增长。直至现在，使我魂牵梦绕的依旧是小时候在乡下待的那段时光。白落梅曾在《世间相遇都是久别重逢》中说道："我亦可贪恋烟火，殷实人家，几间瓦房，四方小院，守着流年，幸福安康。"这也是我憧憬的生活，是我心灵深处最难以忘却、最企盼的生活。小时候，每年的暑假都会在乡下爷爷奶奶家度过。我喜欢夏天，喜欢炽热的阳光，喜欢奶奶家院子里那棵可以乘凉的大树。喜欢夏天的早晨，踏着露珠，迎着朝阳，去山上玩耍；喜欢夏天的午后，抱着从地里

现摘的新鲜的大西瓜，听妈妈和奶奶聊我听不懂的话题；喜欢夏天的傍晚，拦着奶奶养的肥猫，在院子里乱窜……我喜欢夏天，也许不单单是因为"夏条绿已密，朱萼缀明鲜"，抑或是"云收雨过波添，楼高水冷瓜甜，绿树阴垂画檐"。我喜欢的，是家的温暖，是其乐融融的景象。而夏天，带给我太多有温度的回忆。

说起"温度"，"家"就是一个有温度的字，是心灵的港湾，是栖息地，更是避风港。家是我们走遍世界也无法找到替代的地方。而组成"家"的，是给予我温度的家人。在晚归路上，总能看到一个高大的影子，来回踱步，焦急地等待着晚归的我；高三熬夜学习，客厅的灯总为我亮着，陪伴我度过了一个又一个的夜晚，关灯时，却发现他打起了鼾；睡梦中经常迷迷糊糊看到有一只大手为我盖好被子，又蹑手蹑脚地关上门。他，在我成长过程中扮演着很重要的角色。小时候，他是奶奶口中极可怕的人，用来震慑我。他经常奔波在外，我与他相处的时间很少，对他的身份抱有英雄色彩的幻想。他就是我的父亲，一个平凡的人。但在我眼里，他是高大伟岸的，为我抚平所有委屈，鼓励我向前，教我做人的道理，指引我前行。在我眼里，他也是细腻如丝的，会在每个夜晚为我盖好被子，会在每一个晚睡的夜晚陪伴我……如果说父爱如山，那么我想说，父爱也如丝。

从小到大一直陪伴着我的，是我的母亲。肖复兴曾说，世上有一部永远写不完的书，那便是母亲。母爱是无私的，是洗净铅华后的朴素，是如沐春风般的舒心，是润物细无声般的默默无闻；是浅唱低吟，是力量，是希望。我的成长，因为有了母亲的陪伴，而备感快乐。都说陪伴是最长情的告白，在我看来，陪伴也是最坚定的支持。母亲见证了我成长过程中的每一次荣耀时刻，也陪我度过了令我伤心的时期。高三压力大，母亲会告诉我："尽自己最大的努力就好，过程的意义往往大于结果。"我随口的一句营养早餐，母亲会查各种资料，反复试验做给我吃。高三突然间的情绪失控，母亲理了理我耳边的头发，泪眼蒙眬地安抚我。那晚，我仿佛又回到了小时候，与母亲同床而眠；那晚，我想时间能过得慢一些，再慢一些；那晚，我做的梦都是幸福的、香

甜的。

　　家，永远是我心灵深处最柔软的地方。而家人，是我能感受到的最舒适的温度。人间有味是清欢，唯愿这清欢，与我永相随。

　　　　　　　　　　（汉语言文学专业 2019 级　李博）

青春纪行

我们总以为生活就是那样，有抱怨，也有幸福环绕。到了我们独自面对青春的时候，又哑口无言了，我们又开始步入新一轮的迷茫与纠结。我们与其碌碌无为，何不逆风而行，去迎接清晨属于自己的那一缕阳光？当沐浴在阳光下，我们的身心就会走出黑暗，以乐观的姿态去面对生活，活出自己的精彩。

谁的青春不迷茫？可是迷茫过后我们又应该如何面对呢？我们又该如何走出迷茫？面对繁华嘈杂的世界，我们又能如何在其中谱写出自己的篇章？青春就像是人生的一段乐谱，而我们的所作所为就如在上面不断跳动的音符，我们不能一下子就写出绝世乐章，但我们能决定每一个音符的质量和每一个音符之间联动的紧凑性。之后再去听，是否会让自己和别人满意——不，自己满

意就够了，只为自己能有一个无悔的青春。

有人可能会说，那个陪我一起谱写乐章的人已经越来越模糊了，模糊到我擦一万遍双眼，也始终不能看清他（她）的模样。我已经感觉到我的青春确实缺失了些什么。确实如此，我们在青春的迷茫中总是会被感情所牵绊，或甜或苦，都有自己说不清道不明的道理蕴含其中。

为什么要把这个单独拿出来细说呢？因为，在我们青春的路上，它会占据很大的比重。有人说，玲珑骰子安红豆，相思是你，入骨也是你。这感情是多么的深沉！我们的青春是否有如此的感情：情真意切，愿意把一切都交付出来给对方。可我认为，我们何不为对方而成为一个更好的人，只为不想成为对方的包袱；发愤努力，只是为了想要证明足以与对方相配。就算这些努力很累、很苦，但是因为对方，我们都愿意成为一个更好的人，只为了将来有机会走到最后，可以不错过彼此。不把一切都强加在对方身上，我们只是为了能够让另一半将来有依靠，所以才会不断地让自己变得更优秀。不是说现阶段的温暖相伴不重要，而是说为了以后更长久的相伴，我们才会更努力，只为了以后有能力不顾一切地去拥抱对方。

但仔细一想，其实我们都只是为了自己而活，何曾考虑过以后？这也是青春的通病。毕竟大好的青春，我们的理性总是敌不过感性，有时候会劝服自己不再这样浑浑噩噩下去了，但是当自己面对到来的温柔时，却又沉迷于其中。我想，如果可以把感性和理性分开的话，是不是一切都迎刃而解了？也许不会走到最后，但是起码我们有证明自己陪伴对方走到最后的勇气和决心。所以我们可以直面自己的内心，是时候去做出改变了！

我一直以为人长大了，父母会在我们的身边慢慢老去。后来慢慢地明白，他们一直陪伴着我们，无论成功和失败，他们永远是温暖的港湾。我们的一次痛哭会让他们陪着难受很久；我们的一件高兴事，他们往往会比我们还要高兴。我曾经开玩笑说，打篮球摔骨折了，父母急得眼泪都要出来了。那一刻我终于知道，对于父母，什么玩笑都可以开，唯独关于儿女，是开不起任何

玩笑的。

在青春的路上，我们有很多的感悟可以写下来，写下来最重要的目的是让我们去思考，明白应该怎么办。人活一世，能有几个青春呢？走一遍青春，看一遍风景。无论风景好坏，不管我们怎么去选择，只要追随自己的内心，就不会错。

（汉语言文学专业 2019 级　党剑）

独　语

恍惚间，会想起往日那些悠闲、不知疲惫的旧时光。遥望天边落日，朦胧染上墨色，感到天地何其浩大，唯我这般渺小……人的心境变化，总是不可预见。

小时候，我似山间的野猴儿，一刻也不停歇，在山间奔跑，穿梭树丛，或坐在一棵高树上，荡着双脚，抬头看阳光洒在叶子上，斑斑驳驳的影子让我安心。时间慢悠悠的，这是我的一天；我抬头看远处闪耀的太阳，这是我的太阳。我走过满是杂草的小路，看见用泥土堆砌的老房子，我微眯着眼睛，低语，到家了。

我爱景色，但是不渴望"会当凌绝顶，一览众山小"，那些令人惊艳的景致，会让我妄自菲薄。我的心里可以放下一根草、一朵花，却无法盛满整个世界，我是渺小的缩影。

更多的事情，我有点记不清楚了⋯⋯我细想，去年在火车上，我看见一些静谧冷清的色彩：远处有几栋高高的大楼和一些稀稀疏疏的低矮小屋。有些树的枝丫蜷缩起来，光秃秃地在冷空气中颤抖；有些树的叶子枯黄，飘飘欲坠，在风中叹息，也许不多时就将散落到泥土里；有些树的叶子依旧绿意盎然，期待着春回。我瞥见碧绿的水荡漾，天是暗的，白色的小花闪烁着，远处山峦若隐若现，忽而不见了⋯⋯我安静地看着，专注极了，独语着，不见了啊！

风景比生活轻盈，把生活中的苦楚交给无垠的景色，我们被生活磨平了棱角，而风景给予生活甜蜜。有时低落，仅仅是心情不太如意，风景会给予我抚慰。景色是安静的，在微凉的细雨轻风中，我独自低语。

到现在，我依然会独自看风景。只是，我不再奔跑了，只一步一步地走，往日的风景啊，远去了。我自顾自地对着远处低声诉说。这幽幽的心绪，慢慢转好⋯⋯

（汉语言文学专业 2019 级　李志敏）

树洞里的秘密

把秘密讲给树洞听，他会替你保密。

那年的夏天格外炎热，至少我是这样认为的。太阳肆意地炙烤着大地，不给它任何喘息的机会。我感觉自己也有些喘不上来气了，急忙跑到树下乘凉。在树荫的遮蔽下，果然凉快不少。也正是那时，我才开始真正地看清他、了解他。

他长得无比高大，以至于无论我怎么踮起脚拼尽全力地向上看，依旧看不清他的顶部，倘若有人站在他的另一端，这一端是看不到的。他的树干很粗壮，主干上有一个洞，洞的高低大概和我的膝盖持平，大小和一个成年人的一拳差不多。顺着洞口向里望去，并不会像电视里那样出现另外一个世界，但他却成了属于我的独一无二的小世界。

洞是树的，而树洞里的秘密却是我的。我喜欢向他诉说生活中开心的、伤心的、难过的琐事。他是我的一位忠实听众，不论我说什么，他总是很认真地倾听，时不时摇摇叶子，像是在努力地回应着我的心绪。每当我感到迷茫、遇到问题无法解决时，我总是会向他倾诉。他摇摇他那粗壮的枝干，垂下的枝条轻柔地抚摸我的脸颊，抚去我的忧伤与烦闷。

我把秘密讲给树洞听，不论大小事，像是写日记，只不过换了一种方式。初中时比较叛逆，总觉得自己长大了，是个大人了，不想听父母的各种唠叨，经常和父母没说两句就吵了起来。每每这时，我总是会跑到树下，坐在树洞边，一边哭泣一边向树洞吐露对父母的各种不满，而树洞则默不作声，安静地听着我宣泄。没过一会儿我就累了，倚靠着树干睡着了。当我再次醒来时已经是下午了，身上盖有几片树叶，像是大树特意为我遮盖的似的。看我醒来，大树急忙摇了摇他的枝叶，像是饱经风霜的老人，语重心长地告诉我：快回家吧，再晚父母该着急了！我这才想起自己匆忙跑出门父母肯定急坏了，于是加快脚步大步朝家走去。刚到门口，就看到父母焦急的神情，妈妈冲过来一把抱住了我，一边埋怨我独自跑出家门，一边查看我有没有受伤。这时我才明白，父母永远是坚定地相信你、爱你的人。

树洞没有把我的秘密告诉别人，我也愿意向他分享我的快乐。当我考试进步时，当我受到老师的夸奖时，当我被父母肯定时，当我结交新朋友时……总之，只要是我认为快乐的事，我一定会及时分享给他，想让他同我一起分享这份快乐。每当这时，他总是会挥舞着他那长长的枝条，在风中翩翩起舞，像是在为我庆祝。

听很多老人说，他是神树，能保佑我们这里的每个人。我不知道他是不是神树，我只知道他在我很小的时候就在那儿了，没人知道他的年龄，而我们这里的每个人都像是他的孩子一样。他发芽，树叶变得嫩绿，渐渐枝繁叶茂，而后泛黄，落下，只留下光秃秃的枝干。我们的一年四季总是有他的陪伴，而他似乎也习惯了我们的倚靠。

一场突如其来的大雨打破了属于这里的宁静，我们

被迫搬家了。我们的新家很漂亮，洁白的墙壁、明亮的地板、宽敞的卧室，可我却怎么也高兴不起来。那个陪伴了我整个童年的地方就这样离开了它。再也不能在院子里和小伙伴们一起捉迷藏，不能看见烟囱里缕缕上升的青烟，不能倚靠在大树下诉说我的快乐与悲伤……

大树会孤单吗？夜里我辗转难眠。第二天一早就央求妈妈带我回去看看，在我的软磨硬泡下，妈妈终于答应了。一路上我都十分忐忑，我期待见到他，却又害怕见到他。我害怕他埋怨我为什么不辞而别，更害怕他不认识我了。再次相遇，我差点没认出他来，经过风雨的摧残，他显得有些沧桑。看到我，他仿佛想触碰我，却只能无力地动动枝叶。泪水充斥了我的眼眶，我想说，却不知道该说些什么，脑海里一遍遍地回忆着与他的过往。妈妈的叫声把我的思绪拉回现实，我看了看他，什么也没说，将一张小字条放在了树洞里就离开了。

夏天的燥热随着一场雨消散了，自此以后，我再也没有见过大树，没有跟树洞分享过秘密。但他是神树，我相信他一定会更加茁壮地成长，保佑着在那里居住的一代又一代的人们的。

我和树洞的最后一个秘密是：把秘密讲给树洞听，他会替你保密！

（汉语言文学专业 2020 级　刘荣）

那抹笑，牵动着青春年华

那年夏天，高考落败的我带着一丝愁绪和一股拼劲重新踏入母校复读。我原本以为这必是一场血雨腥风的鏖战，却未曾想到有股"暖阳"渐入青春年华，并充盈了我的心房。

又在课桌前"酣战"一日，套上笔帽，走出教室，双手搭在走廊石台上，遥望落日余晖，与好友畅谈。走廊尽头一个人缓缓走来，步伐轻盈又带有一丝犹疑。我与好友交谈中，不觉那人已至身前。她用极为轻慢的步伐向前走着，同时一侧身，将头轻斜，用带有亮光的眼睛注视着我，嘴角露出欣喜的微笑。她那短簇的马尾辫在斜阳下摇曳出一缕金色……

好友碰了碰我："怎么不说话了，在想什么呢？"我的心忽地颤了一下，似乎用了几分钟的时间，在记录那三秒的回眸一笑。她穿过我身旁后，换了种略显迟缓的步伐走入教室，转身进门时，又转头看我一眼，她的脸泛着一抹红。

学习压力着实大，午饭后在课桌上趴一会儿的午休早已是常态。然而，如此舒适的时间是很短暂的，很快，下午上课预备铃就响了。随着那激昂的歌声，我缓缓地抬起头，揉了揉睡意未消的双眼，便不由自主地朝她那座位看去。正巧，两双清澈的眼睛相视，停顿三秒后，我们又各自扭头。心中的小鹿乱撞，同时，嘴角也浮现欢快的笑容，睡意已不见踪影，只留下一丝惬意。此时的我才发现，原来这才是喜欢，是一见钟情！

一年过得很快。这一年，除了保持高强度学习外，最让我难忘的就是和她的眼神交流。我与她在言语方面互动并不多，却时常在眼神和笑容中互相欣赏和鼓励。虽然很多东西没有用语言表达出来，但我们都能理解其意，或许这就是青春的另一种理解和表达方式吧！记得在一个傍晚，感念这份锦瑟年华，我坐在池边椅子上写了一段文字：

烛影灯旁暗香浮动，流萤扑照轩棂栏杆；微风飘拂着清香，绿叶卷柔着轻盈；点点微雨溅出豆蔻的花容，皎皎流光消抹夜中的杂尘；随风摇曳的舞姿滋养着青春光华，灵动鲜活的气息注入生命与灵魂。一叶子、露华浓，你是星辰下最美的人！

每个人的生命中都可能会经历一段不同寻常的往事，或两情相悦，或细水长流……不管结果如何，总之，请一定要好好珍惜这段时光，因为这将会是你一生中最美的回忆！

（汉语言文学专业 2020 级　周君清）

藏在时间里的"兵荒马乱"

我遇到她的那天，就如同她所说的那样，是一个毫不起眼的秋天。金黄的银杏叶填满了校园的角角落落，微风一吹，它们便随处可见。

那一年，我们刚刚结束了轻松而又短暂的高一生活，在已经决定了文理分科的关键时期，她就像一个从天而降的天使，落在了我的身边。

那晚，我们站在拥挤而又喧闹的车厢，隔着另一人，我细细地看清了她的眉眼。她说话语速很慢，也很小声，即使那晚我们并没有任何的交流，但我仍旧记住了她。

不得不说，她给我的第一印象，很温柔很内敛，高高瘦瘦的，眉眼干净，全身莫名地散发出一股学霸气。经过那次的初遇之后，我们便在很长的一段时间里没有

了交集。

真正地认识她，说起来还是因为我和别人的一个现在看起来有点幼稚的赌注。但幸好有那一次的赌注，我才有了机会和借口上前和她搭话。她还是一如既往地用着温柔又很小声的语气说着："我以为你不记得我了呢。"自此以后，我们便经常相约着一起上学、回家。

由于长久的相处，少年总会在某个时刻，突然生出一种莫名其妙的朦胧情愫。那种悸动，就好像是在某个夜晚里看见昙花开放、花苞绽放的时刻，天地崩开裂缝，便撒下了星辰。

我和她就是在这样日复一日的接触下变得熟悉，然后碎片式地一点一滴拼凑出一个耀眼的她。

她五音不全，却又在唱歌时充满自信；她喜欢在午休后拉着三两好友去厕所；她会在无意间翻一个极具杀伤力的白眼；她总是在下午第一节课的预备铃声敲响之后才姗姗来迟。遇到难解的数学题时，她便会蹙眉沉思，追根究底，低头的弧度每次都相差无几。她热衷于一切粉色的东西，每次跟她擦肩经过时，便能闻到粉色的上衣淡淡的香味……

有人说，年少的喜欢，就是一缕光照到我的桌子上，发现了课本里的小字条，那都是关于你的；就是不想看见你不开心，但又嫉妒你和别人太开心；就是向日葵遇到了旁人无法替代的太阳；就是操场上的风和她便成了我的整个夏天。

此时的我，站在大学的操场上，夏夜的操场并不安静，蝉鸣声和杂乱的乐器声此起彼伏，天空黑而沉，却又因繁星的点缀显得宁静而深远。

此时的我，多么希望晚风能洞悉我的秘密，趁着浓稠的夜色，将这藏在时间里的"兵荒马乱"，如数吹到她的身边。这个我一度怕她觉得很幼稚的秘密，其实在遇见她后便埋藏在心中，在很长的一段时间里绝口未提。但它就像一颗种子，在日积月累的浇灌下，逐渐成为参天大树，再很难连根拔起。

我将这个秘密小心翼翼地夹在晚风之中，将这个燥热而又烦闷的夏日里的阴郁一冲而散。我的内心开出一朵摇曳的小花，一寸一寸，为她而生……

（汉语言文学专业2020级　王杰）

小小说篇

红 红

奶奶的一只眼瞎了，总说另一只眼睛里有白雾。中午还好些，早晚却雾气不散，蒙在眼里，罩在心上。

后来邻居惠姨指着奶奶的那只"雾眼"，告诉我说那东西叫"白内障"。那年我七岁。

奶奶瞎的那只眼凹陷成一条缝，黑不见底。另一只奋着的眼皮下是白蓝色的眼珠子，眼角时常挂着浑黄的泪痕。那时我是有些怕的，总不敢凑近奶奶。但是奶奶要是笑着喊我的小名，在黑暗中摸索时，我也会鼓足勇气扑到奶奶怀里。因为在这个只有两人宽的阴暗的小巷子里，奶奶是我唯一的亲人。

我是有父母的，可惜在我记忆未形成之前，他们迫于家中生计，不得不去广州打工。所以他们远离了这个小镇，远离了铺满菜叶子和黑泥的砖石街道，也远离了

我，还有整日以泪洗面的奶奶。

同一个院子的马大爷对我们祖孙向来颇为照料。母亲定期寄来的生活费也都由马大爷从镇银行取出来亲自交到奶奶手里。奶奶干枯的手指抚摸着这些钱，嘴角抽动着，拉着马大爷的袖子说道："进来喝杯水……刚烧开的。"马大爷憨憨一笑："不了不了！还有事忙哩。"

这时，奶奶总把钱叠得工工整整，放在层层叠叠的衣服内层自己缝的小兜里，又摸索着坐在台阶上叹息，用那只"雾眼"望着天空格外灼眼的日光。我正趴在模糊的玻璃窗前目送马大爷出门。我不知道奶奶在看什么，可我看见的天空里只有密密麻麻、相互缠绕的电线和看不尽的灰白。

伏夏的日子是最难熬的。天气过于热时，我就会上火流鼻血，为此奶奶总会给我剃成一个光头。虽然还只是小学生，但我总喜欢顶一个褪色的淡红鸭舌帽遮住光头。其实就算有头发，我对那顶小红帽仍有一种敝帚自珍的感觉。

一个燥热的正午，马大爷兴冲冲地掀开帘子进来，竟像个小孩子一样伸出握紧的拳头对奶奶说："猜猜，你儿子给你寄了个啥好东西？"说着又将脸扭向我，露出两排黑黄的牙憨笑着。奶奶斜着耳朵仔细听完后摇摇头。马大爷张开手掌，掌心里是一个银色的小巧的玩意儿。奶奶不认识，我却抢着说道："这是手机！以后就不用去门市部打电话了！"

奶奶又一次伸出干枯的手接过手机，久违的笑容重新堆在奶奶脸上。她显得异常激动，我也跟着兴奋起来。

马大爷拨通了母亲的手机，奶奶迫不及待地接过手机紧紧贴在耳朵上一顿寒暄，又突然脸丧下来："只听见嘟嘟的声音，没有红红的声音……"马大爷瞅了半天缓缓开口："许是两口子忙。晚上准给你打过来！"我探着一颗光头惊奇地问："红红是谁呀？"

奶奶不作声，眼角又流下涓涓的浑黄的泪水。马大爷用干糙的宽手掌抚着我的脑袋，语重心长地说："红红啊，就是你妈！"

我第一次知晓母亲的名字是红红。

　　晚些时候，天边映出一片绯红，紫蓝的云缀在半空，小窄巷和院子都寂静了，等着月的光临。我偎在奶奶怀里坐在石阶上，望着夜空，同奶奶一样怀着焦急的心情等待电话铃声响起。平常该玩闹一阵早早睡去的时间，现在困意全无。那时也总能盯着一颗星星，自个儿在心里悄悄地跟它说话，它一闪我就会心一笑，当作了它的回应。

　　云悄悄散去的时候，母亲的电话姗姗来迟。我才知道原来母亲一直忙到现在才有工夫给我们回电话。我跟奶奶同时将耳朵靠近手机，仔细听着里面传出的每一个字、每一个音。最后，母亲让我接电话，我顿了顿，缓缓抬起手机放在耳边。那边是母亲的声音，很清晰，她说："听得到吗？"而我喉咙里像卡了一团火，分明感觉到自己的嘴唇干裂，心跳和汗水都齐聚而来。奶奶也急了，拍打着我的背："赶紧叫妈！"

　　"妈……"我庆幸自己终于叫出来了。但声音有些颤抖，那边却听不到一丝声音。片刻，母亲清晰的哭声电流一般传送到我耳朵里，很像心里压了许久的大石头突然就被人掀翻开来，暴露出里面躲藏的心酸与无奈。母亲的哭声，甚至连声音对我来说都是陌生的。我就丢开手机，顺着墙边的黑角落跑过去了……

第二天天明，我拼命回想着母亲的声音，却隐约而断断续续。我想听清楚那声音，可又有些惧怕那声音。想到此处，鼻子又开始一阵酸楚。

奶奶的眼病越加严重了，惠姨推荐了一种眼药水，让我去买。我照例踩在仍旧满是菜叶的街道上去药店。黄昏时分，我欢呼雀跃地哼着曲子蹦回家。起初药店狭小又难闻的味道让我心生烦躁，但马上又愉悦起来。因为药店隔壁的理发馆玻璃门上有四个红得发亮的大字：红红理发。

我摸着自己猕猴桃似的有点扎手的脑袋，竟盼着它能一夜就长长，便有了足够的理由去那间理发馆而不显得突兀。每日放学后我都到这家店门前徘徊，有时站在玻璃窗前，隔着贴满红字的窗户望不见一个人，心灰意冷却还满怀期待。

连续半个多月，我每次都有目的地经过"红红理

发"，天天盼望能见到里面那个叫红红的女人。终于有
一次，那扇玻璃门开了，一个女人伸出半个身子朝地上
扔了一个烟头，随即又关上门。我走过去，竟很自然地
推开那扇贴着大红字的厚厚的玻璃门。我的双脚踩在光
亮的木地板上，洗发水混杂着各种花香的味道使劲地钻
进我的鼻子里。这里像一座花园，满是粉色的杜鹃花，
我显得与这里格格不入。于是我的声音颤起来："有人
在吗？"

塑料珠帘急促响动，走出来一个消瘦的女人，披着
棕红的卷发，眼睛不太大却投射出令人舒适的温柔和善
意，也使得我的心跳不再那么剧烈。那女人最醒目的标
志是偏厚的朱唇左下方，有一颗绿豆大小的痣。她笑着
问我："要剪头发吗？"

我点了头，挪着僵硬的步子坐到皮座椅上，脱下小
红帽小心地放在镜前的台面上。那女人走到镜前，香味
变得有些刺鼻："这么短的头发，还要剪吗？"

我又一次点了头。她麻利地给我系好理发的围布，
开始娴熟地推头。我小声地问："你名字叫红红吗？"

她有点怔，"嗯"了一声。

我以为我的不礼貌冒犯了她，就不言语了。她反问我："你是不是经常戴着这个帽子？"

我应了一声。我想继续说，她打断我："那你就是整天下午戴这个帽子在店门口张望的那个小娃娃喽？"

听见这话，我耳根有一些发烫，脸也迅速地涨红发热。我不敢看镜子里自己难堪的脸。那女人又一次"咯咯"地笑起来："害羞了？你是哪家的娃娃？我看你每天下午都在我门前晃悠。"

我垂下头，闭紧眼咬着自己的下唇，一声不吭。

等到她撤下围布，看着镜子里变得更秃更圆的脑袋，她在身后又投来那种舒适的目光。我似乎在心里嗫嚅着：小红帽是我妈留给我的，绝对不是你发觉我可笑的行径的"罪证"。

她一边扫去地上的头发茬一边说："要不是这个小红帽子，我也认不出你是整天在门口晃的那个小孩。"我的脸又开始红了。

临走时，那女人说以后要是想进来就进来。这话让

我心里热热的，又有点不好意思。

　　家中仅有的几张母亲的照片都蒙了灰，高高地挂在墙上，模糊的五官和衣着只能让我每天无尽地遐想。那以后，我还是经常去理发馆门口，但再也不敢进去了，我刻意取下红帽子继续在门口窥视着。她经常换衣服，有时是火红的长裙，有时是浅蓝的牛仔衣……我望着她披肩的卷发有些出神，渐渐地，我笃定地认为，墙上那些老照片里的母亲也应该是棕红的披肩卷发吧。

　　天边又出现了亮红，轻薄的霞衣盖在云上。我准备离开的时候，她推开门叫住了我，我发觉我每次不请自来都被她看见。可这一次，她的眼里闪烁着一束尖锐的光："为什么不进来？怎么总喜欢到店门口？你这孩子有些奇怪……"

　　我有些怕她发现我滑稽的秘密，就准备跑开。她从背后拽着我的书包，蹲下来，说："是不是有心事？给我说说吧。"

　　那是我第一次离这个叫"红红"的女人如此近。落霞的余光照下来，她的脸上有几条稀疏的皱纹，目光仍是杜鹃花香般的温和。我一时语塞，又不敢一直盯着她的眼睛，泪水也顿时涌出来。隔着盈盈的眼泪，她的脸像极了墙上那些模糊的老照片里面的脸……

我不由自主地喊了一声："妈！"声音舒坦而敞亮。

记得那一夜星星特别的亮，我无数次坐在石阶上告诉它们我的悄悄话，也总希望着在梦里能得到它们的答复。我问奶奶："妈妈什么时候回来？"奶奶用手拭去流不尽的黄水："快了，快回来了。"

再后来，我不再有意地经过红红理发店了，可是始终铭记着一个棕红卷发的善良的女人对我说："以后你就把我当成你妈妈吧。"还有那个让我受宠若惊的奢侈的怀抱，以及一个"母亲"流经我额头的温热的泪。

（汉语言文学专业 2017 级　何昊）

母子情深 （刘彦江　摄）

糁子面

"还是没有人会吗？"旺集开口问道，随即摇摇头转身走出白炽灯下的铁门框。这是旺集第五次回村了。旺集要找的是一种很少有人知道的食物，这不算是一种美食，但在旺集五十多年的人生中，却一直牵扯着他的胃、他的舌头、他的心。

刚记事的时候，糁子面是很难吃到的。一个夏天，旺集扶着掉土的木门框，看着阿婆坐在树荫下剥玉米。旺集喜欢吃刚煮熟的玉米，因为甜。可那时候玉米是用来卖钱换口粮的啊，没钱拿啥活啊？可旺集不懂，只是朝着阿婆哭闹。阿婆"咯咯"地笑，挤出眼角细纹，宠溺地朝他一亲："娃娃嘴馋喽，婆婆给你做好多苞谷糁子吃哦。"旺集不哭了，转身朝着屋里的狗奔去。

知了叫了一天，到了傍晚也不见歇下，劲儿咋这么

大，难不成是偷吃了玉米？旺集出神地想着。"狗旺，来吃饭咧！"爸妈回来了，能吃玉米了！旺集兴奋地奔向院子。哪有很多苞谷！连个玉米皮都没有！旺集眼里的泪水已经快止不住了。

旺集爸看着旺集干站着，喊道："站在那儿干啥，中午吃撑了？端板凳过来快吃饭！"旺集不敢发作，悻悻地坐在碗前。

"妈，呀！今儿咋咧，吃这么好？香得很！"

"狗旺想吃苞谷，咱家苞谷要卖，我就把去年打下的苞谷糁子拿出来咧，给咱狗旺吃个够噢。"

旺集不抬头，他只觉得阿婆在骗人。但是听见爸妈吸溜吸溜地把饭拨进嘴里，他感到饿了。

毫不掩饰，旺集觉得他的味蕾发现了"新大陆"，他渴望着还能再吃到糁子面。

当然，这样的愿望不会让他等太久。旺集爸新任县里小职位，工资高了；旺集妈在医院的工作有了起色，终于不用再拿苞谷换钱了。旺集吵着问阿婆吃了几次糁子面后，慢慢地就让年轻人的尊严和羞耻感把糁子面裹住了。就算阿婆追着问要不要再吃糁子面，旺集也只会打个哈哈混过去。因为旺集爸会带来在县里买的新奇的零食，旺集觉得这些东西拿来招待朋友更体面，谈起来更有面子。

几年后，旺集爸妈在县里安了新家，家里的土屋被留在了那个地方。旺集想把它带走，可是根太深了，扎在那里带不走了。

再后来，旺集上了大学，找了好工作，在大城市里找了个漂亮媳妇。这天是新媳妇第一次回县里的家。桌上全是好菜，旺集猛地瞥见在桌角放着一盆糁子面。他赶忙问："妈，咋回事，今天咋还弄这饭？"

"你也知道你婆年龄大了，今天非嚷着吃糁子面，还嫌我做得不好，自己还亲自上手呢。"

旺集不知道该说什么。饭桌上，他极力地不想让媳妇看见那盆糁子面，他斜着脸不敢去看。可媳妇的手终究碰上了勺把。一碗下肚，旺集媳妇意犹未尽，却被旺集拦下了她再想伸出的手。他不想让媳妇知道，这是他以前家里穷的时候，要渴望很久才能吃到的饭。饭间，

他对阿婆的问话有些敷衍。他在生闷气，可阿婆总是笑着。

也许是大鱼大肉吃多了，一天，旺集和女儿提及家乡食物时，忽地想起那碗糁子面的味道。他不明白自己为啥就那么想，就是说不明白，就是想吃。他给妈打电话，妈还惊讶道："现在很少打苞谷糁子了，你咋又想吃了？"旺集便再没提起。

暑假到了，他带着女儿回县里的家，他闻到了！走到楼道里就闻到了！是糁子面的香味！那天他呼噜呼噜地吃了两碗糁子面。本以为女儿不喜欢，却没想到女儿也呼噜呼噜地吃了一大碗。

"你婆听你说想吃糁子面，非叫我们带她回村里打糁子，说以前穷苦了你，现在有条件了，咋还能让你吃不上。"旺集没说话。

两年后，旺集和媳妇生了二胎，等老二大一点回了一趟县里的家。阿婆老了很多，耳朵听不大清了，但笑着的皱纹还贴在眼角。依旧是那碗糁子面，老二却摔了碗："我不要吃！黏糊糊的，和猪食一样！"老大也放

小城故事多　（刘彦江　摄）

下了筷子不肯吃了。媳妇拖着两个娃进了房间。旺集站在那里，他想着：我曾经也听别人说过这句话，可这么多年过去了，我最想的却还是这碗糁子面。他跟阿婆寒暄了几句，带着一家人回去了。后来，阿婆走了，旺集妈试着给旺集做糁子面，可旺集尝得出来，再也不是那个味道了。

"年龄大了，想吃口糁子面找不到了，那时候吃汤是咸的，玉米糁子是甜的，但是谁做都没有我婆做出的那个味儿了。"

"还记得我第一次去你家吗？我听见你和妈的话了，我知道你怕难堪。我还以为有多难吃的，没想到还挺香的。"

旺集看向媳妇："我那时候不是怕你笑话嘛，我家拼了那么久生活才好点，穷日子吃的饭怕上不了台面。"

"那你何必呢，现在天天想着吃。饭只要是香的，有啥吃得吃不得的？"

旺集听了这话，舒服地闭上眼，没一会儿就响起了

202

呼噜声。

这一天，旺集回到村子，去找阿婆之前的好友，想问问还有没有人愿意再给自己做一碗糁子面。这已经是第五次了。

"糁子面现在难吃到了，村里的老人大都不在了，年轻人又不会做。狗旺你这是发啥疯？再说生活好了，还吃啥糁子面嘛！"村里的老友说道。

旺集没说话，只是摆了摆头，迈出这座刚刚装潢好的三层小楼。村里的房大都翻新了，只剩下两三栋破旧的土房，当然也有旺集家的老屋。旺集蹲在老屋院子里，不一会儿就开车回家了。旺集知道他还会再回来，从他知道老屋的根没法搬走时，他对那碗糁子面的根也深深地扎在了心里。他不再避讳提起糁子面了，因为他知道，也许再也吃不到了。

（汉语言文学专业 2019 级　郝丹轶）

休为我惆怅

　　优伶，自古以来似乎是那上不了台面的行当。破落的院子，勉强搭成个戏班子，穷苦人家，衣不蔽体、食不果腹，狠下心把家里的男孩子送进去，权当学门手艺，讨口吃食，活命而已。

　　唱戏的脱下旧衣破袍，戴了头面，穿上那花影重叠的戏衣，演罢才子佳人贵妃将军的种种故事，换了衣衫还住在那破落的院子。听戏的一掷千金玩笑一回，挥挥手继续当这京城里的纨绔子弟。

　　我第一次听戏，是那年兄长过二十岁生辰之际。府里摆了好几大桌的山珍海味，请了父亲生意场上的那几个帮衬，喝酒听曲儿。家仆早把后园里的旧戏台子收拾收拾翻了新，热热闹闹唱了出《豪宴》，兄长做主又点了《霸王别姬》。

那年，我是十四岁的年纪，原本宴席上那些精致的芸豆糕正合我意，忽听得那戏台子上传来的婉转唱腔，比春日我屋里黄鹂鸟儿的叫声还好听三分。那时尚且不懂京剧，待我抬了眼望过去，只见那虞姬头上戴着精巧的如意冠，鬓上贴了花，乌黑发髻里是娇艳的缎花、华丽的珠钗。虞姬穿着那华丽的戏服，搭着件金色的斗篷，细细望去，那斗篷上一面绣着锦鸡和花卉，另一面是鸳鸯和芦苇，好不漂亮。

虞姬踏着碎步向项羽走去，开口是那句"劝君王饮酒听虞歌，解君忧闷舞婆娑"。那天也许是头一次明白先生教的《诗经》里那句"弋言加之，与子宜之。宜言饮酒，与子偕老"是何滋味……

家里人也很奇怪为何一夜之间我就对京剧着了迷。整日里央求兄长领我去南街，在那拐角的旧书摊里淘些讲京剧行头、京剧流派的书。戏是好听，可谁能知我是醉翁之意不在酒。

南街里有个大院子，传言那里驻扎着我们这儿唯一的一个戏班子。听人说，这院子本也是有名字的，叫

"庆乐园"，也养出过几个成了角儿的戏子，不过都已经老得唱不动了，另投奔地方寻生计去了。

那是个春日的时节，府里头正乱哄哄的，不知在迎接什么贵宾。我寻了空偷跑出来，从府后的巷道，大大咧咧一路逛到南街。街上有卖瓜果的，有扎纸风筝的，还有搭了棚子卖茶水的，一派热闹景象。

院子的门是虚掩着的，我轻轻推了推，传来吱吱呀呀的声响。院子里有些杂乱，木架子上堆放着刀枪把子一应物什，还有或新或旧的戏衣，墙角是几个大木箱……

院里的人听见响动，停下手上脚上的动作，纷纷朝门口看来。

"哎哟，这地方也是一个姑娘家来的？"院子里是清一色的男孩子，穿着破旧的春衫，能看出来他们年纪有别，离我最近的是个拿着长刀的小伙子，瞪着眼睛问我。

"哎哟，这可是新鲜了。"有人随声附和。

我站在门口，一时不知道做何动作。踌躇着想走，却又看见院子中的井栏边上，站着个瘦瘦高高的人儿，他似乎和满院的人都不太一样，年纪也大上一些。他摆着兰花手，轻轻巧巧绕上个腕花，好看极了。他走着台步，脚跟子先着地，然后才是脚掌，接着是脚尖，一步、一步、一步。他转过身子，探了手去拈花，身段动作仿若仙人。我不禁看呆了。突然，我被洪亮的一声吼惊到了。

"哪个皮痒了，要领教一下这木板条子的滋味啊？"不知何时院子里走出一个穿着马褂的老爷子，恍惚听见他们低低叫了声"师父"。那人凶神恶煞的，背着手瞅院子里的大小孩子们练功。

不过那老爷子对我还算和蔼，眯着眼问我："姑娘找谁？"

"我，我……"支支吾吾半晌，才说了自己是张府的，想找上个月唱戏的虞姬。

我看见那井栏边的少年回头望了我一眼，正和当日台上虞姬回头望向霸王那一眼如出一辙。

"虞姬？姑娘找他何事啊？"老爷子问。

"我……"我要怎么开口，才能说出那心头泛起的微微涟漪；要怎么措辞，才能不失了分寸？

"因为，因为他……他好看……"心里尚在思忖，不自觉已开了口。我知道此时我的脸也红了，耳尖也烫了，但是我就是想看看他，那个在台上风华绝代的人。

"想不到师哥也有今天！"院子里练功的小伙子哄笑着说，朝那井栏边的人一个劲地挤眉弄眼。

"姑娘回吧。"那拈花的人一步一步走了过来，手扶在院门上，语气里没有任何感情。

从那天起，我就常常偷跑到南街。若是夏日，我就在茶棚里要一碗莲子茶，到了冬日，就买一串冰糖葫芦，在戏园子不远处偷偷望着。

时日久了，我也知道他的名儿叫徐九立，十七岁的年纪，是这"庆乐园"里唯一唱旦的。

过了两年，我看见他常穿了青绸薄纱，手里拿着一柄折扇，一样的少年裘马、屐履风流，丝毫不输我那兄长，或是京城里的公子少爷。

渐渐地，他有了名声，在这京城里竟有人专来听他的戏。他被人追捧、被人喜爱，似乎不再是我一个人的心头好了。请他唱戏的人越来越多了，不久，我十七岁生辰时，家里已请不起他来唱戏了。

我眼看着"庆乐园"一点点地繁华起来，眼看着徐九立的名儿在京城里最大的戏楼里贴着，眼看着那"艺苑奇葩""妙曲销魂"的横匾挂进戏园子里……

那天他穿着青绿色的软缎子长袍马褂，翻起白袖里，直着身子坐了马车回戏园子。我匆忙地追上去，红着脸把自己用蹩脚针线缝成的扇套塞到他怀里。

"多谢。"他对我说，像对所有的戏迷说的一样。他说话的声音不似在台上唱戏那般婉转，不过一如既往地好听。

……

我终于也到了谈婚论嫁的年纪，家里张罗着要给我找个门当户对的富贵人家，先说是北街的赵家不错，后又说姨妈家的侄子谦逊好学。

我听着，不当心把手里的茶洒了大半。我低着头，含糊地说了声"徐九立"。

屋里一瞬间静极了。

娘先反应过来，诧异的口吻："那可是个戏子！"

"我就是喜欢他……"是啊，家里人一直以为我只是喜欢听戏而已，谁能料到，一个府里的大小姐，会爱上一个戏子。

这是不被允许的，这是一个笑话。

"不可能！"屋里咆哮的声音刺痛我的耳。我明知道不可能，但是我也要搏一把。

我被禁足了，不能离开张府一步。于是闲来无事，我把那些书上写相思的诗词，抄了个遍，暗地里打发了小厮，送去了"庆乐园"。我想我痴心如此，定不会被辜负吧。

我没收到一封回信，不论我是写"心悦君兮"，还是折了梅花放进信封里给他。

挨过了几个月，家里人气消了，我才得以出府。

我一路走到南街，没由来觉着这儿萧瑟了不少。直到我走到"庆乐园"的门口，见白花挂了满院，里头一片破败。

我慌了神，赶忙向外面卖茶水的小厮打听。

"唉，那戏园子的老师父死了。"那人叹气。

"那，那徐九立呢？"

"他呀，不在京城唱戏了。"小厮拿手里的破布擦擦茶桌说，"这师父殁了，他当大师兄的，领着那帮孩子，送他师父往南去了。估摸着是在南边安顿了。"

我别了那茶水小厮，走进院子里，那刀枪和戏服还在院子里堆放着，只是那井栏边上的花儿败了。院子里有好几间房，是供那些师兄弟们住的。面前的门没有上锁，我踏了进去，墙根放着装了戏服的木箱，还有各种裙袄、云肩、斗篷、霞帔。屋子中央是一张木床和木桌，桌子上一枝梅花插在瓶里。桌上有几张纸，满是灰尘，我拂了拂，看见上面有两行小字。我从没有想到，戏子的字可以这么好看，一如他的人一样。

"乍见意倾，奈何命薄。

今远去，休为我惆怅。"

落款是徐九立。

我把那写给我的信折了折装进袖口，端上那桌上的

梅花，关了门离开了。

我想起他在戏台上的举手投足、一颦一笑，一种说不出的媚气；若平日里换了衣裳，穿那青色的长袍，他又会是活脱脱的贵公子模样。

人总说戏子无义，想来他一开始便知道结局。

恍惚间，我记起，那年十四岁，戏唱罢了，我追上那虞姬，把手里捧着的芸豆糕递给他："你才配这糕点。"

他似乎有些惊慌，忙乱把手擦了擦，接过去，然后望着我笑。他眼里有光，轻轻地说了句"多谢"。

（汉语言文学专业 2018 级　袁雨婷）

我愿与君同眠

一

伏暑季节，日头大盛，照耀出了满地的白光。

姑瑶山巅，一布衣蔽裙的女子长身玉立，目光沉沉，没有半分波澜，却又好似承载着无尽的悲伤。

她看着那远走的背影，慢慢地化为了虚无。

眼角的泪水顺着面颊滑落，滴落在了地上。刹那间，佳人音容已消失不见，只余下崖间生长着的一抹翠绿。

二

瑶姬至今还记得她和大禹初见时的场景。

那日，她坐在姑瑶山的峭壁上，一厢看着天尽头的云彩，一厢等着狂章去拿新鲜的蔬果，没承想，却被路过山下赶去查看巴蜀治水情况的大禹误以为想要轻生。

她活得太久了，久到生命里只剩下了无尽的岁月流逝，好不容易出了个有意思的岔子，定然不会轻易放过，于是编出了个自幼丧母，如今又被逼以双八之龄嫁给村里耄耋之年的老汉的故事。

"姑娘别怕，以后有我，再也没人能强迫姑娘。"果真，那大禹听后，便义愤填膺地拍着胸膛说道。

瑶姬抬眼看着他在阳光下闪着金光的脸，突然觉得好像也没有那么粗犷难看了。

此后，瑶姬便随着大禹一道去了巴蜀，临走前只留下一道传音，吩咐了府中的人莫要慌急，她不过就是出去几日。

当他们来到巴蜀的时候才发现事情早已经出乎了意料。

乌云腾卷在苍穹之上，大雨倾盆而下。听闻当地的百姓说这样的情况已经持续了半月之久。河堤垮塌，临近河边的十几个村庄已被毁得满目疮痍。隔着雨幕，她看着大禹一家一户地奔走着，询问着情况，看着他每每睁眼坐在窗前直到月上中天。

作为神女，瑶姬第一次厌弃自己的无能为力。她只能选择愈发地对大禹好。或是驱寒的一碗浓汤，或是睡前的一条棉毯，或是疲惫时的轻轻按摩。大禹看在眼里，只拉着瑶姬将她抱在怀中，摩挲着她的头发，一遍一遍地说着："是我拖累了你啊！"

那颗沉寂了数年的心，在这一刻突然鲜活地跳动了起来。瑶姬微微歪着脑袋，俏生生地瞧着他手指缠着她散落下来的青丝，笑着说："若觉得亏待了我，不若就娶了我如何？"

大禹深情地注视着她，见她并没有说笑，眼眸里一片复杂。

室内静寂，瑶姬苦笑着摇了摇头："我不过是玩笑话，不值得……"

"好！"大禹突然出声打断了她的话，大手抚过她的头顶说道，"此番巴蜀治水定九州后，我便娶你

为妻。"

瑶姬本来有些惨白的脸在此时蓦然飘起了两朵红云，连带着耳尖和脖颈都忍不住地红了起来。

刚刚孟浪的话语，此时想来让她愈发羞涩难当，但还是强忍着跑开的想法强调道："你可记得今日的话，不许反悔！"

"嗯，不反悔。"

原本犹豫的念头在看到大禹被人从门外抬进来时变得坚定了起来。

洪水在此高涨，就算在山顶也难以躲避。

瑶姬颤抖着手去抚摸着大禹冰冷的脸颊，眼泪不自觉地流了下来。

大禹在这时睁开了眼，虚弱地想要给这个泪流满面的姑娘一个安心的笑容："哭什么呢，我还没娶你，怎么会死呢？"

瑶姬扑到他的怀里，浑身的力气都好似被抽干了一样。

是夜，她用木篦为大禹梳理着湿润的头发，并说出了她藏在心里的秘密："我本是掌管姑瑶山的山神，本是炎帝的四女儿，却在幼年时患了不治之病。父亲虽是医药之神，但只能医人却不能医神……"

絮絮叨叨地把所有的隐秘都说了出来，突然觉得那些事情都好似跟自己隔了很远似的。瑶姬小心翼翼地抬了抬眉睫去瞧大禹的脸色，却撞进了一双含笑的眸子。

"你不害怕吗？"她有些好奇地问道。

"害怕什么？真没想到我竟娶了一位神女入门。"

"所以……你随我回姑瑶山吧，这水我替你治……"瑶姬有些迟疑地说道。

她不是不想治理，她只是怕大禹怪她为何不早些说出来。

可却没想到这人只是皱着眉问她："可对你有伤害？"

"怎么会？我可是神女！"

到了姑瑶山，瑶姬祭出了自己的武器，将雷火珠定于天际，右手紧紧地握着电蛇鞭，大喊一声便顺着巫山劈去。

一瞬间洪水如水龙一般，经过峡道奔涌而出，涌入大江。百姓齐声高呼，每个人的脸上都带着灿烂的笑意。

瑶姬咽下喉间的腥涩，回头笑望着那人："你快些去处理事情吧，我等你回来娶我。"

大禹点了点头，脚下多了几分雀跃。

瑶姬急忙回到府中，在没人的时候这才吐了一口鲜血。

看着狂章等人泫然泪下的脸，她忍不住笑了起来："怎么这副样子？不过损了全身的修为而已，过了几千年我还是会回来的啊，到时候你们可不许忘了我！"

三

后来传闻姑瑶山上生长着一种莹草，女子食后皆会明艳动人。

听闻那莹草边上有一座茅草屋，屋中住着一名身着青袍的男子。

有人看见他整日对着那桂树旁的莹草说着等她回来定会娶她的话语。

再后来又有人听说在姑瑶山上听见了女孩嬉闹的声音。

"不是说好要娶我的？怎么现在倒不承认了？"瑶姬看着眼前的男子一本正经的样子，忍不住地便想要逗逗他。

大禹有些头疼地揉了揉额角，看着强硬地扑在自己怀中的粉团："你现在还太小，我等你长大。"

"怎么小了？按照年岁我都快成你祖宗了！"瑶姬瞪着眼睛，眸底闪过一丝狡黠。

她本以为那一分别便是永无归期，只是她在此活过来又如何？不过就是再度过几千几万年的虚时罢了。可她却万万没有想到这个呆子竟在狂章说了那些事后搬到了这姑瑶山上。

智识初开的时候，她便听见有人絮絮地在耳旁说着什么，可无奈身在土中，言语不成。

幸而上天眷顾，念在她舍身也是为了黎民，便赐了灵水为其洗身。虽然小是小了些，不过岁月静好，日子还长。

（汉语言文学专业 2018 级　贺荣）

闻琴忆佳人

　　快立夏了，这几天的太阳十分耀眼，蓝天白云倒映在反射着亮光的湖面上。一清早我便应邀去会馆参加馆长的生日宴。我站在房间里，穿上笔挺的正装，摆弄了几下头发，朝着柜子旁镜中的我笑了一笑。

　　以前，我没有这样对镜中的自己微笑的习惯。在子君离开后的这两年里，我很清楚自己很难走出这段痛苦的回忆。自从在某本书上看到了"你对生活微笑，生活也会对你微笑"，我便开始每天早晨起来，在出门前照个镜子，然后笑一笑。

　　一开始我知道自己没有办法笑出来，因为我的子君，我的那位曾经想着与我一同追求理想的女子离我而去了。面向镜子，干涩的嘴角上弯，一看便知是假笑。不过我也没有管那么多，每天笑一笑再出门，想用时光慢慢忘却心中的那个叫子君的她。

我准备好后，走出了屋子。到了古兆胡同，我骑上脚踏车，轻快地踏上了去会馆的路。两年来，骑车的人多了许多，踏入我们新青年队伍的人也愈来愈多。一路上，我沐浴着暖阳，路边卖报的声音听着格外清朗。

到了会馆，门口已经站了些人，门前挂着寓意贺喜庆生的红条。

"馆长生辰快乐！"我见到馆长说道。

"哈哈哈，好的，谢谢大家！"馆长朝我点了点头，又向大家道谢。

"渭生，你小子今天怎么这么带风呢，英俊的模样和我爹有得一拼！"馆长的儿子大渭说道。

"小心给你爹听到，追着捶你我可不管，今天可是他生日呢。"

"哈哈哈，我爹比较开明，不打小孩子的。"

大渭笑的模样像极了馆长。其实和大渭在会馆内工作的很多时候，他也这样。我们还管他叫"David"。对了，大渭是个混血儿，在馆长那个年代能娶到位外国

女子，还在国内生活的，算稀少的了。

来给馆长庆生的人都到齐后，大家在酒席上落座。会馆内挂着很多幅精美的书法作品。馆长是留过洋的，整个屋内有不少的西式装饰。

"涓生，今天我一个表妹到这儿来了，你想见见吗？"大渭神神秘秘地和我说着。我笑笑，没有说话。在子君离去后到现在，我再没有重新开始一段新的爱情。不是不渴望，而是我害怕，害怕两人仍会走到我和子君的那一个结局。

"好哥们，开心一点。"大渭见我有些许走神，便劝道。

整个会馆明亮而充满生机，夹杂着喜悦。馆长偕同夫人来给我们打招呼。待寒暄过后，馆长说，他从国外音乐大学毕业的外甥女今天到这儿来给他表演节目。

话音刚落，会馆里的后排灯关了，最前面有一小舞台，帷幕移开。只见出来一位满头金发、高鼻梁的外国女子，穿着一袭纱裙，胸前别着一朵花。她站在舞台中央，将小提琴放在左肩上。我本没有任何波动感，但随着这个女孩琴声响起，心里霎时间产生了一丝难以言喻的情感。我闭上眼睛，聆听着小提琴奏乐的声音。后来才知道她演奏的是一首著名的曲子《卡门》，难怪那么细腻、婉转、悠扬。

"涓生，等我们以后挣了钱学一门乐器去……"回想起子君，那是在我和她一同看完一部音乐剧后，她笑着和我如此说的。我便应着："好着呢！一定会的！"

大渭的表妹演奏完《卡门》后，开始了另一首乐曲。这首曲子与《卡门》相比，少了些悲情，多了许多浪漫的情调。"多么舒服啊！"大渭和我感受一样，他先说道。直至他的表妹演奏完，我们还沉浸在那首曲子中。曲毕，全馆爆发出一阵掌声。

大渭的表妹做了自我介绍，她中文名叫"玲花"。随后，玲花跑到了大渭的旁边。我近距离地看着这位有才华的外国女孩，一双宝石蓝的眼睛，使得她散发出不一样的光芒。

"I'd like to introduce you to a good friend of mine!"

大渭用英文和玲花说了一句，然后面向我，朝我使着眼色。

我读大学的时候学过些英语，加上很多时候听着大渭流利地讲着英文，于是立马面对这个女孩，有礼貌地说了句："Hello! My name is Juan Sheng!"

"你好啊！我叫玲花。很高兴认识你！"那女孩原来会中文。我望着大渭，大渭乐着。

奇了怪了，我竟然和一位刚见面的外国女孩聊得来。她说她听大姨父即馆长说起过我，对我之前发表的《自由之友》和近来正着手创作的《向阳》都有所耳闻。她很崇拜地望着我，用着不太标准的普通话说，等下次见面可不可以给她讲讲我的故事。我回道："当然可以了，不过我想免费再听一次你演奏的小提琴曲。"她笑了："OK!"

宴会结束了，玲花主动要了我的联系方式。这么主动的女孩也是少见的。和馆长、馆长夫人以及大渭道别后，我骑上我的脚踏车，回家去了。

一路上，望着小巷的新式景观，我很快到家了。

换了衣服，马上平躺在了床上。今天可以说是最舒
服的一天，我望着简约的房间，闭上眼，心里多了一大
片欢喜。子君离去后的这两年里，自己开始感觉无法接
受，请了很长的假。那时《自由之友》在会馆周刊上发
表后，还是大渭找上了我的家门，他看着我那狼狈的模
样、凌乱的破屋子，说："涓生，振作起来！离开的无
法再挽留了，你就把子君与你的那些过去当成美好的回
忆吧！"大渭摇着我。我过了许久才被说动，决定继续
走我的道路，将人生的奋斗目标放在眼前。

其实在很多时候，我都很感谢我的好兄弟大渭，
虽然他有时不正经，还骗玲花说"玲花"是个高尚的名
字。我觉得"玲花"这个名字，普通人肯定不能感受到
其可爱之处的。大渭天不怕地不怕，就怕他爹。上一秒
他还在开玩笑，下一秒他爹一来便立马收敛了，正起
身来。

"涓生，最近你发表的《向阳》不错嘛，我表妹
急着要看呢！我咋感觉《向阳》里的新角色林华和我表
妹的样子一样，你是不是对她有意思啊？"大渭满脸疑

惑，又好像知道了什么。

"别瞎说了！大渭，给，我的……"我拿了刊物递给了大渭，假装镇定。谁知大渭来了句"做我妹夫也不是不可以"，我既气又乐。这些天同玲花一直联系着，她好像在我的心里打开了一扇窗户，我将往事都告诉了她。她很认真地听我说完，一双蓝眼睛里，有着说不出的情感。

我确实将玲花"写"进了《向阳》，文中的林华像她一样金发高鼻梁，骨子里对新事物充满热情。

后来呢，当然，我们走到了一起。

婚礼当天，玲花的爸爸妈妈从遥远的异国他乡乘飞机赶来。她看到爸妈后哭得让人心碎，我站在她身旁，安慰她，然后紧紧地抱住了她。亲朋好友都很开心地来参加我们的婚礼。那是在一个西式教堂，在神父主持下，我们互换戒指，许下誓言。我们结婚了！

玲花与子君完全不一样。婚后我们小两口住在一间新的大房子里。那是我用这几年攒下来的钱买的。离开了过去的屋子，离开了古兆胡同，带着对爱情的憧憬，

人约黄昏后 （刘彦江 摄）

我开始了新的生活。

我依旧在会馆工作着，玲花则找了份音乐培训师的工作。在家里，我们共同学习做菜。近来我学会了做西式美食，被玲花夸赞"good"时内心充满自豪感。我们会在空闲时买些报刊，看看新闻。在外时，我们都认真做好自己的本职工作，一到中午我们还不忘通个电话，大渭一直"吐槽"，我们两个整天腻歪让他羡慕不已。

今天又是我和玲花外出工作的一天，我们各自换好衣服，站在镜子面前，面对面，玲花给我整了整衣领，我们互望着对方充满温情的眼睛，各自露出了微笑。

（汉语言文学专业 2018 级　钱戈婷）

柳 福

"碧玉妆成一树高，万条垂下绿丝绦。不知细叶谁裁出，二月春风似剪刀。"书声琅琅，余音袅袅，环绕在一棵不知活了多少岁的大柳树周边。微风一吹，大柳树"老头"竟然还嘚瑟了起来，摆动着"秀发"，扭动着"肢体"，一会儿像是在跳舞，一会儿又像是在作法，一会儿又伸着懒腰。这个可爱的老头有个可爱的名字叫"柳福"。

在太阳微微露出笑脸，霞光四射之时，一个声音娇滴滴道："柳叔，我从那个遥远的地方来，未曾找到适合借宿的地方，刚好在这儿遇见了您。我的孩子快要出生了，希望您可以通融通融，让我在您这儿居住。只要夏天一过，孩子稍微懂事儿，我就立刻另谋新住处。"

一只既像乌鸦又像喜鹊的鸟请求道。这只鸟仿佛经历了

无数个风风雨雨，被风吹雨打折磨得只能看出它是只鸟。这只鸟有个好听的名字，她叫"小翠"。大柳树一脸严肃，没有赶小翠走，但也没明确同意她的请求，只淡淡说了一句："以后的日子记得别打扰到我。我虽不知道热闹的感觉，但也不想知道热闹的感觉。"而后就将一些碎枝绿叶抖落在地上，假装又睡着了。

小翠见状狂喜不已，深鞠一躬，不敢多言，找了一处阳光微风正好的地方，便开始捡拾那些碎枝绿叶忙碌了起来。日落西山时，一个漂亮的鸟巢"诞生"了，小翠露出满意的笑容。这只小鸟，在夕阳与鸟巢的映衬下美极了。

一个祥和寂静的夜晚过后，泛着橘红色光亮的太阳偷偷地笑着升起，时不时挤眉弄眼，时不时摇头摆尾，不一会儿就把天空的颜色染成金黄色了。当大山"伯伯"伸懒腰之际，这个调皮"小子"便溜出大山"伯伯"的怀抱，独自跑向天空那广阔的空间去了，弄得月亮"妹妹"娇羞地躲进云层，给这个调皮"小子"让路。"咚——咚——咚——"一阵急促的敲门声打断老头的鼾声，有五六只小蚂蚁，扛着一只大蚂蚁，那只大蚂蚁像是蚁后。其中一只小蚂蚁苦苦哀求道："柳爷爷，我们实在找不到合适的地方居住了，碰巧遇见您，我觉得是上天给我们指点的明路。让我们在您这儿定居吧，求求您啦，发发慈悲吧！"几只蚂蚁也应和着那只小蚂蚁一起哀求，露出一种急切又可怜的神情。一时间老头像是睡蒙了，摸了摸自己的胡子，总感觉如果拒绝就会让别人觉得自己不懂得人情世故，一点儿也不通情达理。于是老头转了转眼珠子，又淡淡说了一句："以后的日子记得别打扰到我。我虽不知道热闹的感觉，但也不想知道热闹的感觉。"说完，就将身下的门打开，让蚂蚁一家进去。

蚂蚁们非常勤劳，没有浪费一分一秒，先是将洞穴弄得四通八达，它们分工合作，有去外面找粮食的，有在家忙碌的，还有照顾蚁后的。老头又摸了摸自己的胡子，抬头望了望天空。那个调皮"小子"也玩累了，在向西边斜着脸打瞌睡。大山"伯伯"向它伸出拥抱之手，准备迎接它睡觉。月亮"妹妹"在一旁看见调皮的

太阳"哥哥"玩累了，便怀着胆怯的心情，小心翼翼地升向天空。疲惫的一天终于结束了。

在一片迷雾中，老头和它的"情人"柳花儿正在手拉着手看风景，突然传出一阵子争论不休像是在吵架的声音，将"柳花儿"吓得躲进迷雾消失不见了。老头心里一边留恋一边又很生气，突然看见是小动物们，于是问道："你们怎么啦？发生什么事啦？"面前是一只秃头圆脑袋，脸上沾着泥土的小蚯蚓，它耷拉着头，不敢与老头对视。一只小蚂蚁喊着："你快快向树爷爷老实交代，不然将你暴揍一顿，然后立刻赶出去！"小蚯蚓害怕地哆嗦着说明了情况。原来它和家人们早早就在这儿住下了，当时蚯蚓爸爸被路过的行人踩折了腰，急需要养伤，由于事态紧急，又怕树爷爷拒绝，就偷偷住下了，想等蚯蚓爸爸身体稍微恢复了就去拜访树爷爷。当然，每天小蚯蚓都会翻翻土、干干活，给树爷爷按摩按摩，以表感谢收留之情。小蚂蚁听后愧疚不已，低下了头，对着小蚯蚓欲言又止。老头也露出悲天悯人的样子，说道："小蚯蚓真是个好孩子啊……咳咳咳……以后也就住下吧，我这地方宽敞着呢，一般的遮风挡雨我还是可以的。"小蚯蚓感激得不知道该怎么办了，连忙鞠躬。"唉，就是可惜了我的柳花儿了，好不容易见到她，这么快就消失了。"老头低声念叨着，突然又笑了笑，怎么感觉刚刚同意小蚯蚓入住后就好像见到了柳花儿似的，心里挺甜的。

日子一天一天过去了，小翠生了好几个鸟宝宝，它们每天叽叽喳喳唱个不停；蚂蚁家族也因为劳动力的增加，所以成员也越来越多，它们辛勤劳作，快快乐乐；蚯蚓爸爸身体也康复了，一家也过得很和谐幸福。小翠经常将使老头痒得叽叽哇哇叫的小虫子抓走，还教小鸟们飞翔、觅食，等等。小蚂蚁整理老头枯萎了掉下来的"头发"，小蚯蚓帮老头疏通经脉。老头的幸福感爆棚，舒服极了，感觉这小日子过得挺滋润，心里别提有多开心了。"这就是热闹的感觉吧！"老头会心一笑。为让鸟宝宝们能够更好地学会飞翔，鸟妈妈常常将正在学习飞翔的鸟宝宝放手一丢。每当这个时候，老头就急了，非常怕摔着鸟宝宝，竟生气地舞动着枝条，来提醒

鸟妈妈注意……

柳絮能够随大风飘到很远的地方，也是柳树家族打探和互通消息的重要途径。突然有一天，一片柳絮传来的消息，打破了这和谐、幸福的生活："柳爷爷，周边的家族长辈频频被砍伐，然后就找不到踪迹了；还有被污染了根部，逐渐凋零濒临死亡的。这该怎么办好啊！"老头听完之后，安抚柳絮别着急，先去找新生的地方，它来想办法。柳絮飘远之后，老头猛地一颤，长长地哀叹一声，突然之间身高也缩短了，仿佛又老了几百岁，嘴里念叨着："这次没想到，又这么快就降临了。百年前的洪水、地震、泥石流都没让你们醒悟吗？吃过的苦怎么这么快就忘记了啊，金钱真的比生命都重要吗？"

远处飞来一只看着有点陌生的鸽子喊道："柳叔，不好啦，在你这儿住的鸟儿一家都被抓走了！这可怎么办啊？"老头瞪着眼睛一时间说不出话来，久久才说出一句："当时发生了什么事啊？"小鸽子咕咕咕不停嘴地叙说着这个惨案：鸟儿一家正在觅食，突然发现一个院子里放着一碗大米，是鸟儿最爱吃的，旁边也没人，于是鸟妈妈说这次吃顿好的，就带着其中一个孩子去吃。结果刚飞到放米的地方就被笼子套得严严实实，怎么飞也飞不出去了。鸟妈妈激烈地挣扎，几个嬉皮笑脸的孩子朝笼子狠狠地踢了几脚，他们还向着笼子扔石子。折腾了不一会儿，鸟妈妈嘴角流着血，眼角挂着泪，惨叫几声便彻底不动了。那只鸟宝宝无能为力地哭着喊着蹭着鸟妈妈，最后被那几个孩子拿着刀将翅膀弄伤了。那几个小孩儿还挑衅道："这次看你们怎么飞走！"剩下的几只鸟宝宝忍着泪水想要逃回家，刚飞到不远处的小树上空，突然"砰砰砰"几声枪响，几只鸟宝宝口吐鲜血，直直落地，被一个穿着牛仔衣的男子用铁棍扎穿，装进一个血淋淋的袋子里，他还满脸不高兴，觉得小鸟太瘦太小了。听到这里，老头心已经在滴血了，树梢的叶子已经开始泛黄，"头发"逐渐泛白，脸上的皱纹越来越多，眼睛半睁半闭，身处春天却像是掉入了寒冬，感觉瞬间进入了地狱。老头仿佛得了一场大病。

一天，一个穿工服的人走过来瞅了瞅老头，说："这棵老柳树是真的老了，前几天还长得那么好，比年轻那时还好，这几天越来越枯萎。原来前几天那是回光返照之相呀，那现在应该是快要枯死了吧？等一会儿喊人来砍了，送到厂子上，做成艺术品，腾开的空地方又能放点关于自然界主题的艺术雕塑和山水画之类的，吸引更多人来观看。"老头瞥了他一眼，摇着头，脸上露出一种失落、一种悲伤的神气，也透着一种傲气。

没过多久，就有人开始对它上刑，它疼得眼泪直流，但没喊过一声。老头临死前还打听了小蚯蚓一家和蚂蚁家族。小蚯蚓一家，有被挖土机轧死的，有被锯子"砍"死的。剩下的四处逃窜，流离失所。蚂蚁一家几天前被几个小孩注意到，被他们捉起来试验"蚂蚁浴火抱团"给害死了，他们还向蚂蚁洞灌了开水。

老头心如刀绞，痛苦万分，含着泪、带着恨倒下了。

他的耳边仿佛又听见孩子们的声音："树爷爷，树爷爷，我要荡秋千！"

　　"树爷爷，树爷爷，我给您松松土，让您呼吸更顺畅，更好地吸收空气中的有害物质，更好地保护我们的自然环境。"

　　"树爷爷，树爷爷，看我们靠自己的力量弄得蚁洞有很多条路，您的根也可以到我们的洞里来住……"

　　临死前，老头留下了最后的心愿："如果让我重新活过，我一定要告诉人们保护自然万物的重要性，要保护好我们的孩子，把那份幸福传递于万物。我叫柳福，我要把幸福牢牢留住。"

　　　　　　（汉语言文学专业 2020 级　李凯丽）

后 记

　　千锤百炼始成钢，精雕细琢方为器。经过近两年悉心收集、整理，作品集《鹿苑文心——西安工商学院文学与新闻传播学院师生作品汇编》终于跟大家见面了。它是我院师生共同的心血和集体智慧的结晶，也是我校陕西省一流专业建设点——汉语言文学专业近两年来教学成果的集中体现。

　　高质量发展、创新性思维、实践性成果，是我院人才孵化的核心要素。我院推广"读写核心能力培养质量工程"等专项活动，以"百喙社"微信公众号平台为媒介，承载泾野书院、杏坛女子书院、吕柟研究院等研究成果，形成师生广泛参与，认真讨论，深入实践的创新、创作格局。截至目前，我院向社会输送了两千余名优秀的汉语言文学专业人才。这些毕业生

凭借着扎实的专业基础和令人刮目的实践能力，为我院赢得了良好的声誉。

本作品集中既有热情澎湃、畅想未来的诗歌，又有妙笔生花、寓情于景的散文，还有真情流露、回忆满满的小小说……每一行、每一语、每一字，无不饱含深情，充盈着爱与希望，体现了当代大学生的执着、热爱、包容、创新的优秀品格和精神风貌。

作品集的出版，得到校领导的大力支持；于鸿雁老师负责收集、整理文稿以及联络出版事宜；太白文艺出版社给予专业建议，在此一并致以诚挚的谢意。

文学与新闻传播学院执行院长　韩娟

2022 年 7 月